2019年度教育部人文社会科学研究青年基金项目“英国传统罪犯传记小说研究”
（编号19YJC752011）、湖北省教育厅2019年度哲学社会科学研究指导性项目
“17-19世纪英国罪犯传记题材小说研究”（编号19G004）的结项成果
华中科技大学外国语学院学术出版基金资助出版

# 英国传统罪犯传记小说研究

贾彦艳　陈后亮　著

WUHAN UNIVERSITY PRESS
武汉大学出版社

**图书在版编目(CIP)数据**

英国传统罪犯传记小说研究/贾彦艳,陈后亮著.—武汉：武汉大学出版社,2020.10

ISBN 978-7-307-21720-1

Ⅰ.英… Ⅱ.①贾… ②陈… Ⅲ.①犯罪小说—小说研究—英国 ②传记小说 —小说研究—英国 Ⅳ.I561.074

中国版本图书馆 CIP 数据核字(2020)第 151829 号

责任编辑:李 琼　　责任校对:李孟潇　　版式设计:马 佳

出版发行：**武汉大学出版社**　(430072 武昌 珞珈山)
(电子邮箱：cbs22@ whu.edu.cn 网址：www.wdp. com.cn)
印刷:武汉鑫佳捷印务有限公司
开本:720×1000 1/16 印张:12 字数:167 千字 插页:2
版次:2020 年 10 月第 1 版 2020 年 10 月第 1 次印刷
ISBN 978-7-307-21720-1 定价:42.00 元

# 目　　录

# 导　论

顾名思义，罪犯传记（criminal biography）就是有关犯罪人物的生平传记作品。从古至今，不管是出于对潜在犯罪威胁的恐惧还是好奇心，人们都会对涉及犯罪的事件抱有浓厚兴趣。围绕那些著名江洋大盗创作出来的人物传记也经常是很受市场追捧的畅销书。早在 17 世纪后半期的英国，有关犯罪人物生平的一些形式粗糙的印刷小册子便已广为流传，而到了 18—19 世纪，罪犯传记在英国获得了前所未有的适宜土壤，成为当时极为成功的一种通俗文学体裁。其中既涌现出了现已乏人问津的托马斯·盖斯佩（Thomas Gaspey，1788—1871）、爱德华·鲍沃尔-利顿（Edward Bulwer-Lytton，1803—1873）和威廉·安斯沃思（William Ainsworth，1805—1882）等代表性作家，也深刻影响了后来的现实主义巨匠如笛福、菲尔丁、狄更斯和萨克雷等人。自 20 世纪 70 年代以来，罪犯传记文学逐渐受到越来越多的关注。

在很长一段时间内，人们都把罪犯传记视为文学价值不高的通俗小说类型，负面评价占了上风，似乎认定它们就是走俏一时的文学垃圾。但近几十年来随着人们对犯罪文学研究热度的持续升温，犯罪文学在小说兴起的初期阶段所作出的重要贡献正在得到重新评价。通过发掘罪犯传记在英国小说兴起的过程中所发挥的重要影响，有助于我们重新认识和评估罪犯传记的文学价值及文化政治内涵，同时也为 17—19 世纪的英国文学研究开辟新的领域。

国内学界对罪犯传记小说研究基本处于空白，但在犯罪小说研究方面已取得一些重要成果。比如段枫在《犯罪小说的叙事内核及其伦理考量》（《国外文学》2016年第1期）一文中结合犯罪小说的历史发展轨迹，参考爱伦·坡的小说创作思想和实践，剖析了犯罪小说由犯罪和侦破两大环节组成的基本叙事结构及其伦理考量。司建国在《犯罪小说的功能主义解读》（《天津外国语学院学报》2005年第1期）一文中运用定量与定性分析相结合的方法，借助韩礼德的功能主义学说，对卡波特的犯罪小说《在冷血中》进行了语言学分析，并在此基础上解析小说的文学意义，阐释小说所营造的恐怖感和激发的对罪犯的同情感是如何通过语言手段来实现的。王理行译介了道格拉斯·克尔的经典篇章《英国小说与犯罪现场》（《外国文学》2000年第2期）。任翔在《侦探小说研究与文化现代性》（《中国人民大学学报》2010年第4期）一文中分析了侦探小说的兴起与文化现代性的关系。总体来看，国内研究没有关注英国传统罪犯传记小说与犯罪小说之间的区别与联系，也没有研究它对现实主义小说的影响。但国内学者对犯罪小说一般理论的研究可对本研究具有启发意义。

本研究主要采用文化研究与文本细读相结合的方法。一方面，关注那些对罪犯传记小说产生影响的“外部因素”，尤其是历史和社会语境，揭示这一类作品所发挥的文化政治功能。另一方面，关注罪犯传记作品本身的内部艺术审美特征，把它们放在现实主义小说从萌发到成熟的整个发展链条上来比较研究，解读罪犯传记小说的独特文学价值。本书研究内容主要集中于两大部分：首先是对18世纪罪犯传记的研究；其次是有关罪犯传记对19世纪之前的现实主义小说发展影响的研究。具体包含以下十个章节：

第一章：英国18世纪罪犯传记概观：叙事类型与研究范式

20世纪70年代以来，受新历史主义批评和文化研究热影响，人们对18世纪英国罪犯传记的关注持续升温，这类作品在小说兴起初期阶段所起的重要作用正得到重新评价。罪犯传记虽然在形式和内容上都有高度模式化倾向，但作为一种风格鲜明的通俗文学体裁，它们实际上对后来现实主义文学的发生和发展起到了非常重要的影响。本章主要梳理了罪犯传记的四种研究范式，虽然它们基本沿用了将对象历史化、语境化的研究思路，但在具体方面又表现各异，对罪犯传记的文化价值和社会功能也给出不同评价。对这些研究成果的梳理，有助于我们思考如何解读 18 世纪罪犯传记的新途径，同时也为英国文学研究开辟新领域。

第二章：18 世纪罪犯传记研究（一）：亚历山大·史密斯船长与《罪犯传记全集》

提及英国的罪犯传记，绝大多数人会把源头追溯到亚历山大·史密斯船长（Captain Alexander Smith）。他虽然未必是第一位罪犯传记作家，但却是第一位真正产生巨大社会影响的罪犯传记作家，并把这种通俗文学体裁发展到相当完善的程度，为后来各种犯罪书写奠定了基础。他在 1714 年出版了首部罪犯传记合集，此后在近 30 年时间内不断再版，虽然也屡有修订，但内容基本固定。本章主要讨论了史密斯船长的罪犯传记写作的功利主义文学观以及在实际创作中的偏差，他的常见叙述模式和道德立场等。他的作品缺少社会批判意识，基本从未反思过社会改革问题，因为他和同时代绝大部分人一样，都认为犯罪根源主要在于个人的道德修养和内在天性，与社会环境没多大关系，但我们也不能因此而否认他的贡献。当我们在阅读他的罪犯传记时，我们读到的实际也是最早诞生的小说。虽然其中有不少明显虚构成分，但总体来看还是能够让我们对 17 世纪英国社会生活的真实状况有大体了解。他的罪犯传记自由地融合了事实与虚构，并且主要的叙述对象也都是社会底层的普通人，而非像罗曼司那样主要关注贵族，这就为后来那种更加有现实主义特色的叙述文体的出现做好了铺垫。

第三章：18 世纪罪犯传记研究（二）：查尔斯·约翰逊船长与《劫匪记述》

18 世纪另一位最有代表性的通俗罪犯传记作家是查尔斯·约翰逊船长（Captain Charles Johnson）。约翰逊船长的罪犯传记在相当程度上是在史密斯船长的罪犯传记启发下完成的，两者之间有相当数量的篇目重叠。他是一位非常多产的作家，出版了十多部形形色色的罪犯传记。而且他的想象力和创作技巧都比史密斯船长有较大提高，对英国现实主义小说的兴起起到了重要的铺垫作用。本章主要分析了约翰逊船长为自己创作罪犯传记而寻找的叙述合法性、兼具幽默与哥特的写作特色，以及他的天性论、忠君思想与人本主义精神之间的思想矛盾。与史密斯船长相比，约翰逊船长无论是在叙述手法还是语言技巧上都有不小的提升。虽然他的《劫匪记述》在很大程度上是在《罪犯传记全集》的基础上修改完成的，但总体来看要比后者更加具有文学性。事实与虚构的恰当融合、幽默与哥特要素的适度采用，这些大大增加了这部罪犯传记的文学趣味，并基本实现了作者“寓教于乐”的创作目的。

第四章：丹尼尔·笛福罪犯传记书写中的叙述技巧——以《关于谢泼德》和《魏尔德传》为例

本章主要讨论了笛福根据英国历史上的两位著名犯罪人物创作的两部罪犯传记，分别是《关于谢泼德一生中的抢劫和越狱逃跑等行为的记述》（简称《关于谢泼德》）和《关于江奈生·魏尔德生平所为的真实记载》（简称《魏尔德传》）。本章主要分析了《关于谢泼德》中的第一人称叙述和《魏尔德传》中的多种叙述视角。如果说笛福在《摩尔·弗兰德斯》中使用的叙事技巧比较粗糙，导致小说中出现了很多被伊恩·瓦特严厉批评的叙事漏洞的话，那么在这两部一向并不被视为笛福代表作的传记作品中，我们却发现笛福在叙事技巧方面有了较大改进。他不再是简单地罗列人物的犯罪经历，同时添加不协调的道德说教，而是通过叙述技巧的变换运用，巧妙表达叙述人的道德立场，同时还引导读者的情感方向，对罪犯所涉及的道德问题进行思考，释放更大的语义空间，并为一种更成熟的传记文学的出现创造条件。

第五章：《摩尔·弗兰德斯》与早期犯罪叙述的正当性问题

本章主要讨论了笛福在创作《摩尔·弗兰德斯》时所面临的叙述合法性困境问题。18 世纪初是英国犯罪小说发展的关键期，特定的时代氛围促成了它的发生和成长，但犯罪叙述的合法性问题却是困扰作家的难题。在一个处处讲求功利、小说又不被肯定的时代环境下，笛福必须找到充足的理由才能证明出版它的正当性。笛福为《摩尔·弗兰德斯》找到的叙述理由是“真实”“有益”“有用”，但实际这三条都是托辞，不能提供足够的合法性基础。然而我们也不能否认它们的必要性。在犯罪小说发展的早期阶段，用各种办法尽可能吸引读者是非常重要的。读者或许最初会抱着实用目的去阅读小说，但很快就会被故事中的虚构和传奇色彩所吸引。只有当犯罪小说和阅读市场都发展成熟时，它才不再需要借助“真实”“有用”“有益”这样的理由为自己寻找辩护。

第六章：“我讲述的并非其真实所为”：论《大伟人江奈生·魏尔德传》对传统罪犯传记的改写

犯罪问题是菲尔丁小说中的一个常见主题。与一般犯罪人物传记作家不同，拥有法律知识背景的菲尔丁对犯罪问题的关注更深刻。在其代表作《大伟人江奈生·魏尔德传》中，他对以往的犯罪人物传记进行了改写。他既没有用现实主义的手法还原魏尔德的犯罪人生，也没有把他魅化成传奇英雄，而是运用强烈的夸张和讽刺手法，把魏尔德的犯罪过程当成反射整个英国社会罪恶的一面镜子，进而揭示犯罪的社会根源及其危害，使其成为最有社会批判意义的犯罪人物传记题材小说。

第七章：19 世纪初英国新门派犯罪小说概述

本章对英国 19 世纪流行一时的“新门派”犯罪小说进行了概述，主要包括新门派犯罪小说的起源、它出现的社会历史条件、它的艺术特色以及引发的批评争议等。“新门派小说”是指在 19 世纪初风行于英国、以传奇化的犯罪描写为主要特征的一类犯罪小说。它从 18 世纪的哥特式小说和历史传奇那里继承了很多“煽色腥”的元素，又用悬疑和推理为后来侦探文学的兴起做好了铺垫，成为犯罪文学发展过程中的重要一环。因其对犯罪行为的过度浪漫化虚构以及道德立场的含混性，新门派小说曾长期被评论家视为文学垃圾的代表。但随着犯罪文学研究的不断深入，有关它的艺术价值以及它在英国文学史上的地位和贡献问题，也开始得到重新认识。实际上，从整个英国文学发展历程来看，新门派小说出现的年代也刚好是大规模的文学消费市场走向成熟的年代。中产阶级的规模不断壮大，受过一定教育、有一定空闲时间的工人阶级数量也在急剧攀升，再加上印刷和出版成本的不断下降，这些为通俗与高雅文学的分裂创造了条件。

第八章：狄更斯、《雾都孤儿》与新门派犯罪小说

自《雾都孤儿》问世以来，尽管人们在这部小说再现犯罪的方式和角度等问题上存在褒贬不一的看法，却几乎异口同声地把它归入新门派犯罪小说阵营。这首先要归因于狄更斯与生俱来的对待犯罪问题的矛盾态度，以及他与当时流行的新门派犯罪小说之间的复杂关系。另外狄更斯在《雾都孤儿》中虽保留了一贯的幽默讽刺风格，但他对犯罪行为的描述却具有明显的新门派风格。不过其强烈的现实主义手法和社会批判意识又让这部小说超越了一般犯罪小说的局限，成为新门派小说的冠冕之作。

第九章："一个另类种群"：《雾都孤儿》中的犯罪阶级想象

本章主要分析了狄更斯在其代表作《雾都孤儿》中的贫民窟书写以及犯罪阶级想象，重点思考的问题是：究竟什么观念因素让狄更斯把贫民区想象成犯罪滋生的场所？何种意识形态或者话语导致他倾向于把犯罪联系于穷人？本章主要认为，《雾都孤儿》中的贫民区景观描写透露了狄更斯在看待贫穷与犯罪问题上的矛盾性。他不仅展示贫民区的肮脏破败，而且暗示其居民在道德和法律上的可疑。虽然他有意批判英国慈善制度对穷人的伪善，却在无意识中附和了中产阶级对穷人带有偏见的阶级想象，即把穷人整体想象成一个难以控制、不守道德、无视法律的犯罪阶级，这种想象表现在他对穷人和罪犯在相貌、习性甚至种族等方面的书写上。由于他把犯罪的根源依旧归结为日渐迷失的道德品质，因此他所关心的也就不是根本性的社会改革，而只能重提那些资产阶级学者经常给出的温柔却无用的建议。

第十章：论萨克雷与新门派犯罪小说

在新门派犯罪小说的鼎盛时期，萨克雷一直都是其最主要的反对者。萨克雷与新门派作家的主要分歧在于相异的小说观念和伦理追求。在前者看来，小说的本质就是对客观事实的记录，其基本功能则是道德教化。他在《凯瑟琳的故事》中试图用戏仿手法实现对新门派的讽刺和颠覆，但由于在模仿程度上过犹不及，未能阻止新门派的流行。19世纪初期的英国小说正在经历成熟前的快速发展，不同作家都在各自道路上尝试不同选择。如果说新门派作家更重视小说娱乐功能的话，萨克雷更关心小说的实用和道德价值。两者各有偏废。只有真正把两点结合起来，小说才会有更好的发展，而这可能正是现实主义小说在19世纪后半期取得巨大成功的原因之一。

如果单从艺术形式来看，罪犯传记无疑都属于粗制滥造的通俗文化制品。特别是与同时代的浪漫主义诗歌和随后出现的成熟现实主义小说相比，它们在写作技巧上的贫乏以及叙事内容上的单调更让其价值显得不值一提。但随着新历史主义批评和文化研究的崛起，它们终于迎来迟到的关注，其在英国文学发展史上的重要贡献也逐渐得到认可。对18世纪罪犯传记的再认识并不意味着重新发掘出被人们忽视的所谓“文学性”。即便我们不带任何后知后觉的文学偏见，也应当承认这些作品在形式技巧方面的不成熟。因此，要真正发掘它们的价值，就不能局限于单纯文学的或审美的视角，这些罪犯传记虽然在形式和内容上都有高度的模式化倾向，缺少那些伟大作品应该具备的个性特征，但作为一种风格鲜明的通俗文学体裁，它们实际上与所处时代背景之间有着密切互动关系。它们既是那个时代的文化征候，又反映了某种文化焦虑，同时还以一定的方式参与和影响着那个时代的文化-道德-政治话语的构建。

# 第一章
# 英国 18 世纪罪犯传记概观：叙事类型与研究范式

## 引　言

自古至今，不管是出于对潜在犯罪威胁的恐惧还是好奇心，人们都会对涉及犯罪的事件抱有浓厚兴趣。特别是在 17 世纪末到 18 世纪的英国，随着《出版审查法》（*Licensing Act*）于 1695 年被撤销，作家一般不会再因为写作禁忌题材而受到惩罚，罪犯传记获得了“前所未有的显著增长”①，成为当时极为成功的一种通俗文学体裁。每当有重要罪犯被抓获惩办，与其成长背景、作案过程、落网后的审讯、狱中忏悔和刑场受罚等情节相关的内容便会被转化成传记作品，“以满足公众似乎永难满足的胃口”②。据说在 1729 年，约克郡的印刷商托马斯·甄特（Thomas Gent）尚在赶印死刑犯叛国者克里斯托弗·莱尔（Christopher Layer）的传记时，屋外就早已被急于抢购的书商围得水泄不通。据粗略统计，18 世纪有 3000 多部/篇罪犯传记流传至今，一些涉及像约翰·谢泼德这样的传奇大盗的传记更是被一再改写和再版，足见这种通

---

① Andrea K. McKenzie. *Lives of the Most Notorious Criminals*：*Popular Literature of Crime in England*，1675-1775［Doctoral Dissertation］. Toronto：University of Toronto，1999：1. 本书的注释仅在首次出注时标明出处，后仅标作者、书名及页码。

② Andrea K. McKenzie. *Lives of the Most Notorious Criminals*：2.

俗体裁的受欢迎程度。①

早在17世纪后半期，有关犯罪人物生平的一些形式粗糙的印刷小册子便已广为流传，但真正意义上的罪犯传记直到18世纪初才出现。这些传记作者大多佚名，即便有署名往往也是使用的假名，其真实身份一般都是监狱里的牧师，因此有相当一部分罪犯传记都是所谓的《新门报告》(*Newgate Account*)，即由伦敦新门监狱牧师记录下来的罪犯自述。也有些作者声称是罪犯身边的熟人，甚至曾经是罪犯的同伙。无论以何种身份，作者几乎都无一例外地声称故事具有真实性，忠实记述了罪犯的生平所为，以及他临死前的供述和忏悔。②

单从艺术形式来看，这些罪犯传记无疑都属于粗制滥造。特别是与同时代的浪漫主义诗歌和随后出现的成熟现实主义小说相比，它们在写作技巧上的贫乏以及叙事内容上的单调更让其价值显得不值一提。它们显然不能列入利维斯心目中"英国文学的伟大传统"③。它们虽然曾经盛极一时，但终究不过是品质粗劣的通俗作品，不应在文学史上占有重要席位。直到20世纪70年代以前，由于形式主义批评原则长期主导文学研究领域，很少有人对18世纪的罪犯传记展开深入研究。但随着新历史主义批评和文化研究的崛起，它们终于迎来迟到的关注，其在英国

① 参见 Philip Rawlings. *Drunks. Whores and Idle Apprentices: Criminal Biographies of the 18th Century*. London and New York: Routledge, 2005: 1-2.

② 现存最有代表性的罪犯传记包括署名亚历山大·史密斯（Alexander Smith）的《最著名强盗、匪徒、窃贼和骗子的生平及其所为》（*A History of the Lives and Robberies of the Most Notorious Highwaymen, Footpads, Shoplifts, and Cheats*, 1714)，署名拉尔夫·威尔逊（Ralph Wilson）的《有关约翰·霍金斯、乔治·辛普森及其同伙所犯盗抢罪行的真实而全面的叙述》(*Full and Impartial Account of all the Robberies Committed by John Hawkins, George Sympson and their Companions*, 1722）以及署名查尔斯·约翰逊（Charles Johnson）的《最著名海盗所犯下的抢劫和谋杀罪大全》(*A General and True History of the Robberies and Murders of the Most Notorious Pirates*, 1724)、《最著名劫匪的生平及所为》（*Lives and Actions of the Most Noted Highwaymen*, 1734）和《最著名罪犯的生平》(*Lives of the Most Remarkable Criminals*, 1735）等。有关这些作者的真实性至今仍存在争论。

③ F. R. Leavis. *The Great Tradition*. Harmondsworth: Penguin, 1977: 8.

文学发展史上的重要贡献也逐渐得到认可。当然，对18世纪罪犯传记的再认识并不意味着重新发掘出被人们忽视的所谓“文学性”。即便我们不带任何后知后觉的文学偏见，也应当承认这些作品在形式技巧方面的不成熟。因此，要真正发掘它们的价值，就不能局限于单纯文学的或审美的视角，而应当如J. P. 亨特（J. P. Hunter）所说：“文本应被置入它们被孕育和最初阅读的历史语境关系中加以阐释——作为一种所处时代的社会生活的积极参与者的文化产品，而非仅仅是有某些模糊历史背景的语言建构物。”① 这些罪犯传记虽然在形式和内容上都有高度的模式化倾向，缺少那些伟大作品应该具备的个性特征，但作为一种风格鲜明的通俗文学体裁，它们实际上与所处时代背景之间有着密切互动关系。它们既是那个时代的文化征候，又反映了某种文化焦虑，同时还以一定的方式参与和影响着那个时代的文化-道德-政治话语的构建。

自20世纪60年代以来，有关18世纪罪犯传记的重要研究成果不断出现，反映出人们对它们的兴趣正持续增加。虽然这些研究基本上都是沿用了上述把对象历史化、语境化的研究思路，但在具体研究范式上却表现各异，对罪犯传记的文化价值和社会功能也给出不同的评价。对这些研究成果的梳理，将有助于我们思考如何解读18世纪罪犯传记的新途径。

## 一、里凯蒂：作为一种文化产品的罪犯传记

作为英国18世纪文学研究领域的领军人物，约翰·里凯蒂（John Richetti）于1969年出版的《理查森之前的通俗小说叙事模式：1700—1739》实际上正是奠定其权威地位的扛鼎之作。该书分别于1992年和2011年经过两次修订和再版，它对18世纪英国小说研究起到了长远影

① J. P. Hunter. “The Novel and Social/Cultural History” . John Richetti, ed. *The Eighteenth Century Novel.* ShangHai: ShangHai Foreign Language Education Press, 1996: 12.

响。20世纪60年代末正是“理论热”兴起之时，新历史主义、新马克思主义、后结构主义等批评流派相继涌现，文化研究在英国也已渐成气候，它们的共同特点便是反对此前垄断英美批评界的新批评、结构主义以及原型批评所具有的形式化倾向，倡导在文学研究中引入文化、历史和政治的维度。它们反对把目光仅停留在少数拥有所谓不朽的艺术性或审美价值的伟大作品上，认为在经典名著和通俗作品之间并无本质区别，它们都是在特定社会条件下出现的文化产品，其文化意义和意识形态功能要比单纯的艺术价值更值得关注。这股全新的批评之风直到20世纪80年代之后才成为主流。而里凯蒂早在20世纪60年代便已经自觉地把它付诸实践，可谓开风气之先。

最能显示里凯蒂研究特色的方面，是他对文学作品的重新定义，即，他不再把文学看作某种文化精华，而是视其为“一种文化产品，一种情感和意识形态的刺激物，是生产愉悦和幻想的机器”①。这是一个非常典型的文化研究思路。如果从形式主义-新批评的立场出发，18世纪罪犯传记都是不值一读的文化垃圾，但若换成文化研究的角度，它们无疑都是值得探究的关注对象。里凯蒂认为，18世纪罪犯传记和同时代的其他通俗文学一样，“都或多或少地受到文化环境的影响，表达了各种不同的紧迫关切的意识形态”②。这些作品在艺术形式上虽然很粗糙，却能够吸引广大读者，取得巨大商业成功和社会影响力，主要是因为它们能给读者提供一种“最基本的、庸俗的快感，一种代入体验的兴奋感，以及对日常生活的想象性延伸”③。它们的价值既不在于技巧上的成熟高明，也不在于表面宣扬的道德意图，而在于它们在这种重复性的叙述过程中不知不觉地发挥某种意识形态功能，“是意识形态的

① John Richetti. *Popular Fiction Before Richardson: Narrative Patterns (1700-1739)*. Oxford: Oxford University Press, 2011: 8.

② John Richetti. *Popular Fiction Before Richardson*: xx.

③ John Richetti. *Popular Fiction Before Richardson*: xv.

推动器”①。在里凯蒂看来，这种意识形态便是代表新兴资产阶级利益的世俗主义，它要反抗的对立面则是代表封建传统贵族利益的基督教保守价值体系。

自 17 世纪以降，历经两次内战和光荣革命，再加上工业革命的巨大推动作用，传统封建农业经济体系不断瓦解，资本主义工商业在英国取得巨大发展。资产阶级已经成为英国社会的一支重要力量，它强烈要求在经济、政治、道德、文化和法律等社会生活的方方面面打破旧体系、旧观念，重建一套符合自身利益的新规则。而罪犯传记涉及的内容基本都是犯罪者对旧的法律或道德秩序的破坏，这恰恰符合了中下层阶级读者的阅读心理期待，能够“或多或少地刺激某些个人幻想，对故事相关人物的某种认同”②。犯罪故事中所必然涉及的那些谋杀、盗窃、抢劫和暴力犯罪行为之所以让读者感到既害怕又兴奋，就是因为它们破坏了对整个社会群体来说很重要的法律或道德禁忌，比如人的财产和生命安全的不可侵犯性。

在以前的封建社会，贵族阶级往往假借宗教教义来灌输一套维持社会稳定的封建道德意识形态，它强调的是对权威领主的服从、忠诚，以及对自身社会地位的消极接受。这种观念到了 18 世纪已经十分松动，人们开始按照自己的能力和付出来谋求改变自身地位和处境。然而与此同时，强调公平、正义和法治精神的新兴资产阶级意识形态并未完全成熟。社会恰好处于旧秩序松动、新秩序不稳的混乱期。很多人在突然拥有了所谓的天赋人权和自由之后，似乎认为自己有权打破那些已经失去说服力的旧的禁锢，在经济或道德方面为自己谋求好处。这可能正是英国 17 世纪以来犯罪率急剧增加的重要原因，也是罪犯传记得以被广泛生产和消费的社会基础。正是在这个意义上，里凯蒂才认为：“作为一种人物类型，罪犯是一个必要的社会神话，他的成功和屈辱反映出新的

---

① John Richetti. *Popular Fiction Before Richardson*：xxvi.

② John Richetti. *Popular Fiction Before Richardson*：7.

推崇行动自由的世俗社会与倡导消极服从的传统宗教价值之间的意识形态张力。劫匪和妓女都是英雄，因为他们的故事满足了读者对道德、经济和情欲自由的幻想。”① 然而对这种自由的追求也必须是有限度的，因为资产阶级不单是旧秩序的挑战者，也是新秩序的建造者。罪犯传记可以很好地满足他们对自由的幻想，却又不能引发对犯罪失控世界的焦虑。因此，几乎所有的罪犯传记都以犯罪主角的认罪伏法作为结尾，他们对自己的破坏性行为付出了代价，这恰好避免了有可能产生的犯罪焦虑。

这种既想打破旧秩序又想建立新规则的资产阶级意识形态也恰好体现在罪犯传记涉及的两种不同人物类型上。一种是所谓的劫匪（highwayman），他们大多是活跃在城市和乡村间的绿林强盗，虽然也会侵犯商人，但主要袭击对象是达官显贵。因此对中小企业主来说，他们的危害性不大，特别是基本不会威胁到以城市为中心的资本主义工商业秩序。因此大部分劫匪传记对这些强盗的描写比较浪漫化，绝非鸡鸣狗盗之徒，似乎个个是像罗宾汉那样的侠义英雄，拥有诚实且高贵的独立精神。在他们一次次的袭击行动中，显示出对封建贵族的藐视和戏弄，更容易引发中下层读者的认同。还有一种人物类型是“反叛的学徒”（revolted apprentice），即那些在资本主义雇佣体制下的工人或学徒，他们或是出于好逸恶劳的本性，或是忍受不了雇主的盘剥，或是觊觎他人财物，犯下谋财害命的大罪。这种发生在资本主义雇佣制度内的犯罪显

① John Richetti. *Popular Fiction Before Richardson*：35. 比如在狄更斯的小说《雾都孤儿》中，费金为了诱导小奥利弗加入贼伙，就给他看一本“已经翻得污秽不堪”的书，这本书“记录了一帮大名鼎鼎的罪犯的生活经历和审判过程”，显然是当时流行的罪犯传记。参见查尔斯·狄更斯著，何文安译：《雾都孤儿》，译林出版社2010年版，第133页。在狄更斯的另一本小说《巴纳比·鲁吉》中，学徒西蒙也经常和同伙聚集在一起交流有关学徒造反的故事，幻想着有朝一日可以像那些传说中的学徒一样，“要向他们的残暴老板报仇”，“恢复他们往昔的权力和假期”。参见查尔斯·狄更斯著，高殿森等译：《巴纳比·鲁吉》，上海译文出版社1998年版，第79页。

然对资本家来说是一种绝对不能容忍的直接威胁，是对契约精神的严重损害。因此几乎所有罪犯传记都对“反叛的学徒”进行公开谴责诋毁，“他的反抗从未被魅化或浪漫化处理，而是被描写得尽可能龌龊和难以形容”①。这正体现出资产阶级意识形态对新秩序的维护。

里凯蒂的研究有两点最值得重视。首先，他最先把文化研究的方法引入罪犯传记研究，坚持把它们“视为一个整体，或一股潮流，而非单独把握”②。作为单件作品的罪犯传记在艺术价值上微不足道，但作为盛极一时的通俗文学体裁，它们却发挥着非常重要的文化-政治功能。这就为以后的罪犯传记研究指明了方向。不管运用哪种具体的方法和视角，罪犯传记的意识形态功能都是需要关注的重点。其次，由于罪犯传记的作者本身往往身份模糊，它们又缺乏值得作为个案分析的文本价值，因此里凯蒂认为罪犯传记的生产环节远不如消费环节更值得关注。他的研究出发点是18世纪的罪犯传记读者而非作者。由此也导致了他的一个重要研究缺陷，即他始终假定罪犯传记的消费者都是“幼稚的或者在社会地位和知识水平上处于劣势的读者”③，主要也就是有较低文化水平的新兴中小资产阶级。正因为他们是消费主体，所以罪犯传记才主要照顾他们的口味，传递他们的意识形态。里凯蒂明显受到伊恩·瓦特在《小说的兴起》中表达的看法的影响，即（现实主义）小说的兴起“迎合了中产阶级的趣味”，它与“中产阶级的强大和自信”是相伴随的，小说“响应了他们的那些读者的新需要……而且从其内部更为自由地表现了那些新需要”④，它所体现的就是中产阶级的价值观念。更简单一点来说，也就是对封建贵族的反抗，对中产阶级利益的维护，以及对下层阶级的拉拢、利用和压制。然而正如安德瑞·麦肯兹

① John Richetti. *Popular Fiction Before Richardson*：56.

② John Richetti. *Popular Fiction Before Richardson*：xxv.

③ John Richetti. *Popular Fiction Before Richardson*：xv.

④ 伊恩·瓦特著，高原、董红钧译：《小说的兴起》，三联书店1992年版，第51、57、58页。

（Andrea McKenzie）所指出的，事实上罪犯传记的作者和出版商们“很少瞄准特定读者”①，而是面向“一个广泛的、开放包容的读者群”②。18 世纪小说的读者面远远不止中产阶级，而是涵盖了从贵族到平民的广泛人群。即便如亚历山大·蒲柏和塞缪尔·约翰逊这样的新古典主义知识精英也经常阅读通俗小说。而那些受过初级知识培训，或者通过自学具备简单读写能力的学徒、工人、店员、伙计、家庭主妇等更是罪犯传记类文学的重要读者群。难道他们的意识形态或文化政治诉求在罪犯传记中就没有反映吗？如果没有，他们为何愿意持久地消费这种属于中产阶级的文化产品？这些是里凯蒂难以回答的问题。

## 二、法奥勒：罪犯传记的两种神话模式及其文化功能

迄今为止，林肯·法奥勒（Lincoln Faller）于 1987 年出版的《化为记述：17 世纪末至 18 世纪初英国罪犯传记的形式与功能》是这一领域最全面、最细致的研究专著。法奥勒延续了由里凯蒂开创的文化研究的思路，强调自己意在提供一部“关于罪犯传记的社会诗学”③，而不是一部文学史。他所关注的问题也主要与罪犯传记的文化政治功能有关，比如它们被大量生产和消费的目的，当时有什么样的写作和阅读习惯，都受到哪些社会因素影响等。不同之处在于，法奥勒的研究并没有仅仅把罪犯传记作为一个整体对待，而是加入了一些文本个案分析。

法奥勒的研究还有一个特殊之处，就是他把罪犯传记解读为一种“犯罪神话”（myth of crime），认为“有关罪犯生平的叙述服务于特定

① Andrea K. McKenzie. *Lives of the Most Notorious Criminals*：12.

② Andrea K. McKenzie. *Lives of the Most Notorious Criminals*：13.

③ Lincoln Faller. *Turned to Account*：*The Forms and Functions of Criminal Biography in the 17th- and Early 18th-Century England*. Cambridge：Cambridge University Press，1987：x.

文化功能”①。法奥勒对神话的理解来源于英国功能派社会人类学家马林诺夫斯基（B. K. Malinowski，1884—1942）的学说，后者认为神话并非是满足科学兴趣的一种解释，“而是对一种原初现实的叙事性复述，是为了满足深层的宗教需要、道德愿望、对社会的屈从或肯定、再或者实际需要……它是对信念的表达、强化和法典化，是对道德的维护和强化；它确保仪式的有效性，包括一些指导性的实践规则”②。也就是说，神话是对现实生活的一种解释和再现，反映了社会群体的某种深层愿望、恐惧或焦虑，是对某种问题的想象式解决。

以罪犯传记的人物类型为区分标准，法奥勒概括出了两种神话模式。一种是“罪人型罪犯传记”（criminal-as-sinner biography），另一种是“恶棍型罪犯传记”（criminal rogue biography）。所谓“罪人型罪犯”，主要指那些为了贪图他人——特别是自己的雇主或其他身边熟人——财物而犯下谋杀罪的犯人，与里凯蒂所说的“反叛的学徒”比较接近，但不完全相同。这类人虽然触犯法律，却往往被刻意放大其道德破坏意义，谋杀犯被塑造成一个误入歧途的失足者，读者从他身上体会到的道德意义超过法律意义。法奥勒发现，以谋杀犯为主的罪犯传记通常都把讲述的重点放在诱发犯罪的心理动因（而非解释环境因素）、他在作案被抓以后的忏悔，以及受到的惩罚等环节，犯罪发生的过程往往被压缩。这一现象值得重视。在他看来，这是因为18世纪的读者仍然相信封建宗教统治者所宣扬的那一套陈旧的人性学说，“人性内在的邪恶成分被认为是作恶的主要原因”，人们很少把犯罪的根源归结到社会环境上。法奥勒认为在这背后隐藏着一种“宗教甚至政治上的保守主义”③，甚至是一种政治恐怖。由于在人们的观念中，法律意义上的“罪”与宗教道德意义上的“罪”常被混淆，而每个人生来又都是具有

① Lincoln Faller. *Turned to Account*：2.

② Lincoln Faller. *Turned to Account*：2.

③ Lincoln Faller. *Turned to Account*：60.

原罪的，那么在刑事罪犯与普通“罪人”之间也就没有质的差别，只有涉罪程度的差异，人人也都随时有可能从罪人变为谋杀犯。统治者便顺理成章地有理由对这些潜在的作恶倾向加强约束，同时要求每个人提高对自我的道德自律。这与资产阶级渴求的个人自由主义是相违背的。

实际上在18世纪中后期，随着资产阶级在政治、经济和文化领域步步紧逼，节节败退的封建贵族也在拼命维护其统治秩序，试图增强其保守道德观念，抵御资产阶级意识形态，例如不把犯罪的根源归结于等级制度或其他不平等因素，而是归咎到人性的自我放纵和堕落。这表现为罪犯传记中的一个常见套路，即不是去探究哪些复合因素构成了犯罪动机，而是想方设法去证明犯罪者早在实施犯罪之前便已成为不可救药的道德败类。他在犯罪之前的道德状况似乎比环境条件更具有决定性。作者会不遗余力地在罪犯的一生中寻找被遗忘的细节线索，最终证明犯罪不过是一个被开启了邪恶引擎的堕落者的必然之路。而广大普通读者也就有必要以此为戒，谨慎约束自己，因为谁也不知道哪一次失控的欲望或冲动会把自己拖入深渊。例如《雾都孤儿》中的奥利弗刚翻看了几页费金交给他的书就被吓坏了，“他读到有人深更半夜好端端地躺在床上，却禁不住自己的种种邪念引诱，干出些个血腥的凶杀案，让人一想起来就心惊肉跳，四肢瘫软”①，除了“祈求上苍别让自己做这份孽”② 以外，似乎没有别的办法能阻止人们内心作恶的冲动。

在封建宗教道德观念中，生命权要比财产权更神圣不可侵犯。因为人是上帝的杰作，谋杀他人就是对神的背叛，也是对公共道德秩序的严重损害。为了弥补这种损害，牧师们会想方设法用基督教义去引导，甚至诱导罪犯在受刑前做出深刻忏悔，展示出自愿接受神的感召，成为“一个被改造了的新人、更好的人”③。因此罪犯传记的重头戏都是罪犯在受刑前的长篇忏悔。即便是非常凶残冷酷的谋杀犯，也一定要在临

---

① 狄更斯：《雾都孤儿》，第133页。

② 狄更斯：《雾都孤儿》，第133页。

③ Lincoln Faller. *Turned to Account*：89.

刑前表现出虔诚忏悔的样子。为了达到目的，牧师作者们会不惜对罪犯进行威逼利诱。其实牧师们并非真正关心犯人的灵魂是否会得到拯救，而是为了满足公众的情感期待，同时补强宗教意识形态的社会规训力量。法奥勒认为："每当一位罪大恶极的人显示出虔诚改造、成为比正常人还要'好'的人的时候，那么他不但满足了他所在社会的宗教和道德希望，还满足了它的政治意识形态。其忏悔的最大作用便是：把他从一个最卑劣、野蛮、没有良知的自私之徒升华为对全社会有益的慈善献祭。"① 无论是在传记描写还是现实中，罪犯被期待的表现都是在虔诚地忏悔后从容受刑，这种场面俨然被改造成一场宗教仪式。恰如福柯所说，被改造后的罪犯如同圣徒一般，"通过宣布自己罪行的邪恶来向惩罚自我献祭"②。虽然他的罪行破坏了社会秩序，但是他又通过自己的改造行为表现了对现有宗教和道德权威的服从，进而重新恢复和巩固了原有秩序，达到"重建某种平衡"、"重振权力"③ 的目的。

"恶棍型罪犯传记"是法奥勒概括出的第二种神话模式。相比"罪人型罪犯传记"，这类传记更强调刑事意义上的犯罪，特别是对他人财物的侵犯。具体它又可以再细分为两类，一类是劫匪传（biography of highwaymen），其主角往往被描写成单枪匹马、专劫富人（尽管在现实中未必如此）的江湖大盗；另一类是窃贼传（biography of thieves），主角多为手段卑下、行事猥琐的窃贼。法奥勒发现这两类人物传记在叙事特征和文化政治功能上既有相同又有相异之处。相同的是它们都缺乏连贯的故事情节，结构松散且意义含混，经常是在开头先简单介绍罪犯的家庭出身、如何开始做坏事，在结尾处草草叙述他如何落网并被惩罚，中间则是一系列彼此并无时间或因果关系的相互独立的犯罪活动。人物性格往往难以捉摸，缺少稳定性，看似英雄劫匪说不准何时会展示出残

① Lincoln Faller. *Turned to Account*：103.

② 福柯著，刘北成、杨远婴译：《规训与惩罚》，三联书店2003年版，第71页。

③ 福柯：《规训与惩罚》，第53页。

暴或可鄙的一面。在法奥勒看来，这种碎片化的叙事结构不能简单归因于作者的写作技巧不成熟，而应该被看作一种“脱敏化”（desensitization）叙事策略，其中隐含着一定的道德意图，目的是为了不让读者对罪犯产生情感认同，让读者迷失在真假善恶边界模糊的故事世界中，“像史密斯这样的罪犯传记作者更感兴趣的是让读者对某些犯罪的意义感到麻木，而非预防他们产生犯罪冲动。他们的目的与其说是唤起读者在情感和智识上的免疫反应，不如说是为了使他们迷惑”①。既让读者意识到财产犯罪的社会危害，又不至于对糟糕的社会环境产生敏感反应，进而也就不会做出改造社会的行动。

劫匪传和窃贼传的不同之处在于，前者在人物刻画上会多一些浪漫化、英雄化的虚构，同时在叙述中时常穿插一些针对社会不公、政治腐败或虚伪道德的抨击，透露出一定的社会批判倾向，但又不是十分稳定和连贯，而是“飘忽不定”，“没有固定意义”②，“看法不统一且相互矛盾”③。其实，这种政治上的游移与其在人物刻画上的不稳定，以及情节结构上的松散都是相统一的。如果说那种“罪人型罪犯传记”都具有较为严谨的叙事结构和统一性，那是因为它们都具有较为明晰的保守政治-道德意图，试图把罪行重新整合进旧有封建秩序，消除社会影响。“恶棍型罪犯传记”在其政治-道德意图上的含混可能既与传记作者在阶级身份上的差异有关，也与资产阶级尚未足够成熟的阶级意识形态有关。

与里凯蒂相比，法奥勒对罪犯传记的叙事类型划分更加细致，也区分了不同类型所具有的不同文化政治功能。如果说在里凯蒂那里，罪犯传记表达的是一种突出的新兴资产积极意识形态，是对封建秩序的反抗和对资产阶级秩序的维护的话，它们在法奥勒眼中却展示出完全不同的政治和道德内涵。“反叛的学徒”变成了“罪人型罪犯”，它在意识形

① Lincoln Faller. *Turned to Account*：150.

② Lincoln Faller. *Turned to Account*：175.

③ Lincoln Faller. *Turned to Account*：190.

态上更多的是服务于封建统治阶级，而非资产阶级。在里凯蒂眼中社会批判意识明显的劫匪传到了法奥勒这里也不过是结构松散、政治意义不确定。不难看出，法奥勒对罪犯传记的整体评价还是趋于保守的。

## 三、格莱德菲尔德：罪犯传记中的多元意识形态

海尔·格莱德菲尔德（Hal Gladfelder）的《法律之外：18 世纪英国的犯罪与叙事》是较晚近的一部罪犯传记研究专著。其特殊之处在于，作者没有把眼光局限于那些由牧师或匿名业余作家完成的罪犯传记，而是把笛福和菲尔丁等著名作家创作的涉及犯罪题材的作品一并纳入考察视野。他的研究兴趣也就从非常类型化的罪犯传记扩大到更普遍的犯罪叙事。格莱德菲尔德注意到，18 世纪英国民众对以犯罪为题的新闻报道或文学作品常抱有前作未有的热情。在人们日常经验的很多方面——包括工作和娱乐——都可以看到涉及犯罪的类文学话语。从来没有哪个时代能像 18 世纪一样让犯罪成为社会瞩目的公共话题，进而又让犯罪叙事成为具有主导性的一种文学叙事模式。笛福和菲尔丁这两位公认的英国小说之父都曾创作过以犯罪为主要叙事线索的小说。尤其是笛福，几乎他的每一部小说都涉及某种类型的犯罪。所不同之处在于，他们两人能够更好地把握文学市场，对自身意识形态和表达意图也有更自觉的认识，再加上熟练的文学技巧，“把犯罪话语的题材和再现策略改造成更复杂的形式”①。

格莱德菲尔德认为，英国 17—18 世纪既是一个犯罪多发、混乱无序的时期，也是一个法律体系不断改进、法治观念日趋成熟的时期。因此，对犯罪叙事的研究必须被置入这样一个大的时代背景之下，去关注

① Hal Gladfelder. *Criminality and Narrative in 18th-Century England: Beyond the Law*. Baltimore: John Hopkins University Press, 2001: xii. 笛福和菲尔丁都曾创作过罪犯传记，前者的《摩尔·弗兰德斯》和后者的《大伟人江奈生·魏尔德传》都是对这一体裁的模仿，并成为 18 世纪小说的经典之作。

文学对犯罪的再现与同时代的法治意识和法律观念的关系。如果说现实中的一切犯罪活动都会被视为一种危害秩序的反叛行为，需要对其镇压和惩罚的话，那么有关犯罪的文学再现——包括罪犯传记和犯罪小说——又有哪些社会功能？是否可以把它们简单概括为统治阶级规训下层民众的话语力量？或者反之，是下层阶级挑战权威的反叛话语？格莱德菲尔德指出，个人主义意识觉醒是17世纪的一个重要事件。在启蒙运动和资产阶级革命的双重影响下，封建统治秩序逐步瓦解，个人开始拒绝无条件服从上层权威，也不愿消极接受命运安排，而是越来越要求自主选择个人生活道路。从自我意志出发，去追逐财富和地位等一切值得欲求的东西。但是由于当时法律体系并不成熟，人们并不清楚合法行为的边界在哪里。大部分民众并不了解“不遵守皇家权威与不服从宗教权威之间有什么区别，在法律意义上的‘罪’和宗教意义上的‘罪’有何区别”①。对封建贵族来说，道德是其统治秩序的基石，不同阶级的人们按照一定的道德标准各安其位、各行其是。大部分违反道德的行为会等同于犯罪。而对新兴资产阶级来说，他们却要求以法治作为新的社会秩序的中枢，用公平和正义取代等级服从。在格莱德菲尔德看来，犯罪叙事就是一种宣传工具，“指导成员构成复杂的读者群体了解犯罪的根源和危险，进而普及一种新的、主导性的法律意识形态”②。

与里凯蒂和法奥勒相比，格莱德菲尔德的一个最大不同之处在于，他反对用一种简单模式来解读犯罪叙事的意识形态功能。无论是把它视为资产阶级对封建权威的反抗，还是封建贵族对新兴阶级的规训，都同样忽视了犯罪叙事在价值意蕴上的复杂性、多元性。如上文所述，在里凯蒂和法奥勒看来，罪犯传记都可以被视为某种神话，是社会焦虑的投射和对现实问题的想象性解决，其主要功能便是“对反叛和破坏性力量的抑制，以及对社会稳定的肯定”③，总之是服务于主导权威阶级的，

① Hal Gladfelder. *Criminality and Narrative in 18th-Century England*：5.

② Hal Gladfelder. *Criminality and Narrative in 18th-Century England*：5.

③ Hal Gladfelder. *Criminality and Narrative in 18th-Century England*：76.

只不过法奥勒认为这个阶级是不断挣扎的没落贵族，而里凯蒂认为它是新兴资产阶级。格莱德菲尔德不同意这种神话解读，因为“犯罪叙事总会偏离，甚至忽视那些被预先设定的神话效果或权威意识形态”①。18 世纪的犯罪叙事毕竟也是一种十分成功的商业写作模式。为了追求商业利润，作者会尽可能扩大自己作品的受众面。尤其是那些购买能力虽然有限，但人口数量十分庞大的底层工人，他们的品位和阅读期待肯定也会得到考虑。即便那些负有宗教使命的牧师作者，也会在作品中添加可读性成分，比如对暴力过程的细节描述，对江湖黑话、谐语的运用，对上层受害对象的打趣嘲讽等。

在格莱德菲尔德看来，犯罪叙事中的这些细节要素并没有统一的思想意图，而是制造了某种“杂语”效果，带有“道德上的不确定性”②。他指出：“大部分有关罪犯生平的印刷制品随意牺牲故事真实性，以换取虚构性的愉悦，但它们所产生的快感往往都是反讽的、游戏的、无政府的、不受道德干扰的，它们的不连贯性不能被直接转译成一种意识形态功能。”③ 虽然我们不否认犯罪叙事确实承担着法奥勒和里凯蒂所说的服务于统治阶级的意识形态功能，是为了确证和宣传某种社会秩序的合法性和权威性，但它并非对这种功能的忠实服从。表面来看，罪犯对自己的行为做出深刻忏悔并认罪伏法，这是对某种权威体制和话语的服从，但从文本深层细节来看，其中也暗含着对主导话语的挑战和质疑。“故事文本表面的复杂性会干扰和破坏那些明显的潜在意图。当作者关注那些异见的声音，以及这些声音所表达的让人心醉或着迷的愿望的时候，作品中的明确道德和政治意图——不管是官方的还是对抗性的——都会被搅扰。”④ 这样的文本在读者那里引发的反应也必

① Hal Gladfelder. *Criminality and Narrative in 18th-Century England*: 76.
② Hal Gladfelder. *Criminality and Narrative in 18th-Century England*: 77.
③ Hal Gladfelder. *Criminality and Narrative in 18th-Century England*: 84.
④ Hal Gladfelder. *Criminality and Narrative in 18th-Century England*: 10.

定是“多元的、相互矛盾的”①。读者对罪犯时而是恐惧和厌恶，时而又是同情和认可，对社会权威也是既有服从也有质疑。正如福柯曾指出的：“当民众聚集在断头台周围时，他们不仅为了目睹犯人的痛苦和激起刽子手的热血，而且是为了听到一个已死的人咒骂法官、法律、政府和宗教。”② 读者阅读文本和观众目睹行刑所起到的效果是很接近的，罪犯既是他们害怕和厌恶的对象，又是值得同情和敬畏的“反抗的替身”。正是在这样的文本生产和消费的场域中，个人、群体与社会权威之间相互竞争和协商，划定犯罪与法律的边界。格莱德菲尔德由此也得出最重要的结论：“犯罪叙事……提出了个人与社会之间的关系问题。这种关系正越来越通过世俗法律话语和制度来界定自我。通过前置暴力、盗窃、破坏性的性行为和反抗，这些叙事在时而含混地从读者——甚至那些最正统本分的读者——那里唤起颠覆性的欲望和危险的可能性时，它们也在测试个体对自我的确认以及公众的忍耐力。”③

与里凯蒂和法奥勒相比，格莱德菲尔德的改进之处在于没有把罪犯传记简单视为某一个阶级意识形态的宣传工具，而是注意到了由文本复杂性导致的意义多元性和开放性。在封建贵族阶级余威仍在、新兴资产阶级不断壮大、下层工人阶级也日渐崛起的时代，罪犯传记恰恰是他们围绕自由、犯罪和法律等观念问题展开斗争并最终达成妥协的权力话语场所。

## 四、罗林斯：文化霸权与妥协平衡

菲利普·罗林斯（Philip Rawlings）在他主编的《醉汉、妓女与闲散学徒：18 世纪罪犯传记》（1992 年初版，2005 年再版）一书的导论

① Hal Gladfelder. *Criminality and Narrative in 18th-Century England*: 85.
② 福柯：《规训与惩罚》，第 65 页。
③ Hal Gladfelder. *Criminality and Narrative in 18th-Century England*: 5.

部分，也提到了罪犯传记的意识形态功能问题。他的看法和格莱德菲尔德比较接近，也反对把罪犯传记视为某个单一阶级的意识形态表达。对于那种认为罪犯传记实际上“表达了个人主义，反映出新兴中产积极的崛起并占据主导”的看法，罗林斯提出三点质疑依据：第一，早在18世纪之前，中产阶级便已成为政治和经济中的重要力量；第二，在罪犯传记流行之时，中产阶级在政治上尚未成为主导；第三，罪犯传记表达的也并非纯粹的个人主义精神，甚至可能完全相反。在罗林斯看来，罪犯传记表达的往往是“极端个人主义的恶果”，“不是向社会上层流动的可能……而是个人主义引发的不稳定。它们呈现的景象是：穷苦劳动者只能通过非法手段才能向社会上层流动，并且在社会上的任何位置变动也都是暂时的”①。

罗林斯认为，我们不应简单认为罪犯传记是主导阶级的宣传品，或是从属阶级的反叛工具，而应该把它们放入当时更广阔的社会历史语境中，去考察其政治功能。我们应当看到，虽然罪犯传记大多数声称是罪犯本人的真实供述，但其真实生产者——牧师、匿名业余作者、出版商等——都属于中上阶层。牧师自然更倾向于保守封建宗教意识形态，作家和出版商更支持中产阶级，但他们所面对的读者却是以中下层群体为主，特别是数量庞大的劳动阶级。恰如在英国资产阶级革命时的情形一样，资产阶级既需要拉拢下层民众一起反对旧秩序，同时又想让后者服从他们的主导。下层民众在反对贵族阶级的问题上与资产阶级利益一致，却会在新秩序的构建上与资产阶级讨价还价。因此，罪犯传记就可以被视为这三种意识形态相互斗争的场所。

罗林斯还创造性地运用了葛兰西的霸权理论。根据葛兰西的观点，“霸权阶级不仅控制着社会经济生产手段，也在道德和文化方面掌握着对从属阶级的领导权。虽然它手中掌握着军队和警察等暴力统治工具，

① Philip Rawlings. *Drunks*, *Whores and Idle Apprentices*: *Criminal Biographies of the 18th Century*. London and New York: Routledge, 2005: 16.

但这些手段只有在危急时刻才会大规模使用"①。通常来说，统治阶级无需使用它们，便可以维系自己的权威，因为从属阶级只会认同一种只有霸权阶级才有能力主导的世界观和价值体系，自然也不会挑战这种主导权。虽然霸权阶级有时也使用强迫手段来巩固自己的权威，比如对某些群体进行镇压、排斥或边缘化，但更经济有效的方法是通过文化灌输。葛兰西认为，统治阶级并不会把自己的文化价值观念强加给从属阶级，因为这会招致抵制。相反，它会改造并利用从属阶级的文化，让它在形式上与之前保留某些一致性的同时，又在内容上加以转变，使其服务于主导阶级的世界观，引导从属阶级把当前的政治、经济和道德秩序认定为唯一合法的，并自觉排斥其他文化价值观。对统治阶级来说，获得这种文化认同的代价是：它自身的价值观念被打了折扣，没能被完整施加给从属阶级，而是根据后者的需要改头换面，但毕竟改造的程度很有限，确保霸权阶级的权威地位仍得以维系。这就是葛兰西所说的阶级之间的"妥协平衡"（compromise equilibrium）②。但这种平衡并非一劳永逸，而且永远也不会有完全的平衡状态。新兴阶级总会随着自身力量的强大向霸权阶级发起挑战，争取更多利益，因此霸权阶级需要通过学校、媒体和艺术等文化生产机制来不断维护其文化霸权，同时也不得不把更多符合从属阶级愿望的价值观念纳入主导体系。

具体到18世纪的英国，虽然贵族阶级和教会已丧失对英国社会的绝对主导，但经过光荣革命以后的王权仍旧代表着至高无上的封建权威。作为当时国会最主要的政治力量，资产阶级成功迫使封建贵族承认他们对于自由、公平和法治的要求，君主立宪便是两者达成妥协的结果。在经济和政治上处于劣势，但在数量上占优的下层阶级的愿望也不可能被完全忽视。中产阶级要想对贵族取而代之，获得新的文化霸权，

① Philip Rawlings. *Drunks, Whores and Idle Apprentices*: 12.

② Antonio Gramsci. *Selections from the Prison Notebooks*, Quintin Hoare & Geoffrey N. Smith, eds. & trans. New York: International Publishers Co., 1971: 161.

也必须让他们的愿望在新的文化建构中有所反映。罪犯传记正是这三者相互竞争协商的场所。贵族需要表达的是对传统秩序的绝对服从，需要严厉惩罚那些违反道德禁令、破坏封建秩序的罪犯，不惜一切代价来恢复和维护秩序，这是其最重要的关切点。资产阶级想要表达的是对宗教禁锢和封建特权的不满，自由、公平和法治是资产阶级的主要关切点。每当有人向旧秩序发起挑战的时候，我们不难看到他们作为支持者的身影。而当那些曾经是学徒、工人、伙计和失业者的罪犯们向不公正的社会环境发出愤怒的诅咒、用暴力手段发起报复，并向一切压迫性秩序表示嘲弄和不屑的时候，我们看到的是下层阶级政治愿望的投射。随着资产阶级在 18 世纪末真正战胜封建贵族，在经济、文化和政治上获得真正霸权的时候，公平和法治的价值观念就成为主导。以犯罪、忏悔和惩罚为基本叙事主线的罪犯传记也逐渐失去吸引力，让位于更集中表现资产阶级和下层民众之间矛盾的现实主义小说。

## 结　束　语

在很长一段时间内，人们都把罪犯传记视为文学价值不高的通俗文学类型，负面评价占了上风，似乎认定它们就是走俏一时的文学垃圾，没有多少社会价值。但近几十年来随着人们对犯罪文学研究热度的持续升温，这一类作品在小说兴起的初期阶段所起的重要作用正在得到重新评价。应当承认，经济利益是罪犯传记作者和出版商的主要动机，它在满足读者兴趣的同时也有助于社会教化，这也正是统治阶级对其宽容的重要原因。然而它在 18 世纪的繁荣生长客观上助益了整个社会文学市场和阅读文化的形成，为更具艺术价值的现实主义小说的出现创造了条件。实际上，罪犯传记在 18 世纪的文学文化中占据着非常重要的位置，不仅能够告诉人们有关英国早期现代社会的生活状况，而且能够反映出当时人们的社会心态和文化观念。罪犯传记在 18 世纪晚期逐渐走向衰退，与之形成鲜明对比的则是现实主义小说的全面繁荣。这种此消彼长绝非巧合，或许正是暗含了社会观念以及阅读文化的变迁。通过发掘罪犯传记在 18 世纪英国社会生活中所发挥的重要影响，有助于我们重新认识和评估罪犯传记的社会价值及文化政治内涵，同时也为 17—19 世纪的英国文学研究开辟新的领域。

# 第二章
# 18 世纪罪犯传记研究（一）：亚历山大·史密斯船长与《罪犯传记全集》

## 引　　言

著名英国罪犯传记研究学者法奥勒曾指出："迄今为止，与 18 世纪罪犯有关的文学作品在英语中最多，也最丰富。在 17 世纪中叶，伦敦的图书出版商们就开始出版与著名的强盗和杀人犯的生活有关的小册子，且数量越来越多。"①而在所有这些形形色色的犯罪文学作品中，罪犯传记又是最主要的题材。提及英国的罪犯传记，绝大多数人会把源头追溯到亚历山大·史密斯船长（Alexander Smith）。他虽然未必是第一位罪犯传记作家——有关犯罪人物的各种小册子、版画等早已有之——但却是第一位真正产生巨大社会影响的罪犯传记作家，并把这种通俗文学体裁发展到相当完善的程度，为后来各种犯罪书写奠定了基础。虽然现在大多数文献把史密斯船长的生卒年代标记为 1714 年至 1726 年，但实际上有关他的真实情况仍然是历史之谜。他的生平细节现早已不为人知，而且这个名字也极有可能只是化名，真实作者另有其人。这在 18 世纪以前是极为常见的状况，即，作家往往并不使用真实名字发表作

① Lincoln B. Faller. "Criminal Opportunities in the Eighteenth Century: The 'Ready-Made' Contexts of the Popular Literature of Crime". *Comparative Literature Studies*, 1987 (2): 120-145、120.

品，他们远不像后世那样对著作权有那么重视。无论怎样，史密斯船长不过是个符号标记，并不妨碍学界普遍使用它来指代其出版的一系列罪犯传记的作者。他在 1714 年出版了首部罪犯传记合集，题名为《过去五十多年间在伦敦及其周边，以及大不列颠其他地方活跃的最著名强盗、劫匪、窃贼、扒手和骗子的生平所为；有男有女；他们所犯下的那些最秘密和凶残的谋杀案、罕有匹敌的抢劫案、臭名昭著的盗窃案和闻所未闻的骗术都将在此被公之于众》（*The History of the Lives of the Most Noted Highway-men, Foot-pads, House-breakers, Shop-lifts, and Cheats, of Both Sexes, in and about London, and Other Places of Great-Britain, for above Fifty Years Last Past. Wherein Their Most Secret and Barbarous Murders, Unparallell'd Robberies, Notorious Thefts, and Unheard of Cheats, Are Expos'd to the Publick*）。这是 18 世纪以前的出版物经常使用的典型题名方法，即，使用详细冗长的题目，尽可能让读者通过封面题名就可一目了然，知道其大致内容。据说该书出版后很快便销售一空，于是很快便在当年出版第二版，内容也扩增很多。到了 1719 年，作者又推出最全的版本，把犯罪事迹的记载从过去的 50 年扩增到 100 年，书名也改为《从过去一百多年至今在伦敦、西敏斯特以及大不列颠其他各地活跃的最著名强盗、劫匪、窃贼、扒手和骗子的生平所为全集；有男有女；出于公众利益考量，他们所犯下的那些最秘密和凶残的谋杀案、罕有匹敌的抢劫案、臭名昭著的盗窃案和闻所未闻的骗术都将在此被大白天下、公之于众；开头部分还补充了现如今窃贼们正在使用的江湖黑话词汇表，解释其中最神秘的用词、新术语、重要的短语和惯用习语等》（*A Compleat History of the Lives and Robberies of the Most Notorious Highway-men, Foot-pads, House-breakers, Shop-lifts, and Cheats, of Both Sexes, in and about London and Westminster, and all Parts of Great Britain, for above an Hundred Years Past, Continu'd to the Present Time. Wherein Their most Secret and Barbarous Murders, Unparalell'd Robberies, Notorious Thefts, and Unheard of Cheats, Are Set in a True Light, and Expos'd to Publick View, for the Common*

*Benefit of Mankind. To, which is Prefix'd, the Thieves new Canting-dictionary, Explaining the Most Mysterious Words, New Terms, Significant Phrases, and Proper Idioms, Used at this Present Time by our Modern Thieves*, 下文简称《罪犯传记全集》)。此后在近 30 年时间内不断再版，虽然也屡有修订，但内容基本固定。我们在下文中参考的也主要是这个版本，由美国圣智学习公司（GALE：A Cengage Company）提供的 1719 年版两卷本（London：Printed for Sam, Briscoe, and sold by A. Dodd）的影印版。①

## 一、"只读那些有益处的书"：史密斯船长的功利主义文学观

在《〈摩尔·弗兰德斯〉与早期犯罪叙述的合法性问题》一文中，我们曾指出，虽然 18 世纪初期是各类罪犯传记题材的通俗文学繁荣发展的时期，但"犯罪叙述的合法性问题却是困扰作家的难题"②。在出版审查法并未完全撤销的背景下，如何才能让统治者准许出版罪犯传记并且也能够让读者接受？虽然社会各阶层的人们在当时都对这类故事感兴趣，但作者还是有必要为自己的写作找到更有说服力的理由。笛福为《摩尔·弗兰德斯》找到的正当性理由是"真实""有益""有用"。与之类似，史密斯船长也在《罪犯传记全集》上下卷首部分各写了一篇序言，也为自己摆出了类似的理由。

① Captain Alexander Smith. *A Compleat History of the Lives and Robberies of the Most Notorious Highway-men … Used at This Present Time by Our Modern Thieves*. London: Printed for Sam, Briscoe, and Sold by A. Dodd, 1719. 本章所有小说中的引文都出自这个版本。随文直接标注页码，不再另外做注。需要说明的是，圣智公司提供的这个影印版是在 1719 年版本的基础上完成的，其中有很多地方字迹漫漶不清，甚至有些地方页码排版有错误。本文引文并未予以纠正，而是根据出版页码标注，以便忠实于原文。但史密斯船长为下卷本所写的序言，本文参考的是由劳特里奇出版社 1926 年编辑出版的版本。

② 参见陈后亮：《〈摩尔·弗兰德斯〉与早期犯罪叙述的合法性问题》，《解放军外国语学院学报》2018 年第 4 期，第 137 页。

首先是“真实”。他声称自己的大部分内容是“根据他们的口述所做的笔录，而非借用新门监狱中的那些神父所提供的罪犯供述”（iii），宣称他的书是“欧洲出现的第一部不偏不倚的此类书籍”（iv）。“我们花费了巨大的努力搜集这些罪恶之徒的生平事迹，不仅**力求准确地破译**他们的江湖行话，也**仔细拆穿**他们见不得人的鬼蜮伎俩、狡黠的阿谀之词、阴险狡诈的花言巧语和欺骗性的表里不一。”（iv-v）① 他在下卷的序言部分再次强调：“为了让这部罪犯传记史更真实，除了非常准确地记载了相关时间、地点、人物和罪行等具体背景信息之外，我还借鉴了许多最有学问和声望的英国国教牧师的相关记载，他们在这些不幸的恶人接受死刑处决前为他们提供宗教服务。”② 总之，他声称自己所写的是有史以来最全、最贴近事实的罪犯传记，能够尽可能逼真地让读者知道那些真实发生的犯罪故事，获得一种“在场感”，似乎他们就是犯罪现场的旁观者一样。但正如法奥勒所说：“实际上，罪犯传记作者越是强调他们的作品并非‘虚假’‘错误’‘诽谤’和‘虚构’……就越让人们怀疑这种体裁整体的真实性。”③ 为了达到真实效果，他在文中会经常采用一些直接引语，把人物之间的对话呈现出来。当然，真实感也是增加作品趣味性的一个有效手段。例如在《抢劫杀人犯索尼·卡宁汉姆传》（“Sawney Cunningham, Murderer and Highwayman”）一文中就有大段对话，生动呈现了妻子对丈夫的忠贞，以及丈夫教妻子如何奇妙地与不怀好意的坏人周旋，让人读起来非常有趣味。

其次是道德功用。这也是几乎所有18世纪之前的文学作品都不得不遵守的写作信条，至少在口头上他们都必须宣称有益于道德教诲。史

① 本章所有着重号皆为本书作者所加。

② Captain Alexander Smith. *A Complete History of the Lives and Robberies of the Most Notorious Highwaymen* ... edt. Arthur L. Hayward. London: G. Routledge & Sons, ltd., 1926: 212.

③ Lincoln B. Faller. “Criminal Opportunities in the Eighteenth Century: The ‘Ready-Made’ Contexts of the Popular Literature of Crime”: 129.

密斯船长在上卷序言一开头就提及："先辈们总是小心谨慎地花费很多力气，不但告诉后人们那些诚实善良的人物事迹，以便让人们喜爱那些朴实美丽的品德，也煞费苦心地告诉人们那些罪犯和邪恶之人的所为，为的是让人们从那些可怕的邪恶事物中得到警醒，不去追随不切实际的幻象。故而，我们在此向公众推出这部《罪犯传记全集》。"（i）他还强调自己出版这本书并非为了盈利，而是"应那些让人非常尊敬的绅士（very worthy gentlemen）的要求"（iv）。他还直接道出了他的写作意图："我们探究有关这些作奸犯科的恶人的故事记忆，不是为了让其成为无聊之徒消遣逗乐的对象，他们只知道嘲笑那些亡灵的不幸，而是为了把他们犯下的各种各样的罪过转化为醒世良言，警示并改造当今这个放荡年代（this licentious Age）中的邪恶无耻之徒，并真诚希望他们能够听从诗人的忠告：从他人的过错中吸取教训，如果看到前人做蠢事，也就可以避免重蹈覆辙（Felix quem faciunt aliena pericula cautum）。"（xi-xii）在下卷本的序言中，他再次强调：

> 这部罪犯传记史的第一卷在社会上深受欢迎，因此，在好几位非常善良敦厚的绅士劝说要求下，我认为有义务再推出另一卷有关犯罪过错的书。我把这些事迹公之于众的目的绝非是为了让世人效仿他们，而是为了让读者从中得到威慑，以免犯下同样的罪过，以他们的不幸为前车之鉴，从而让自己的人生道路走得更远。我相信凡是有正常理性的人，在看过这些可鄙之辈的罪恶一生轨迹后，都不会试图追随他们的脚步，那将是通往绞架的道路。因此，我在这里只展示他们选择了什么样的人生道路，如何跌倒，并希望没有一个聪明人会受到他们的引诱去效仿。①

① Captain Alexander Smith. *A Complete History of the Lives and Robberies of the Most Notorious Highwaymen…*: 211.

在这里我们可以看到，至少在口头上，史密斯船长的写作具有鲜明的道德功利性。他甚至在下卷本序言的末尾处直接宣称：“**读书就应该只读那些有益处的书**，读那些褒扬美德、惩处邪恶的书。在这部罪犯传记中，我估计读者可能很难发现前一类主题，因为书中讲述的主人公从来都不干什么善事。不过，我也衷心期望，那些与邪恶为伍的人物的悲剧命运也可以让正直的人们看到，让他们的生命提早结束的正是正义。”① 这在18世纪的英国是很常见的一种文学主张。主要原因在于，当时的英国正处在社会秩序重建期，强调社会等级服从的封建主义道德观念正逐渐解体，倡导平等和自由竞争的新资产阶级价值观正逐步占据上风。17世纪中叶爆发的清教革命严重冲击了英国封建统治秩序，封建贵族再也不是神圣不可侵犯的上层权威，即便是国王查理一世也被推上断头台。在这样的背景下，主管出版审查的行政当局通常都是支持封建统治阶级的立场，自然也就希望通过文学来宣扬传统道德秩序。这在史密斯船长的序言中也可以看出端倪。他不只一次地表达了对他所处的“当今时代”的不满。例如，他在上卷序言中说：“**现如今**，到处都有个别人（我并不想谴责所有人）处世不端，而且任何人身边也都有一些邪恶的朋友，他们身上的痞气秉性容易诱人模仿，因此本书就可用作他的指导书……”（vii）到了下卷本序言中，他又说：“因此，可以说我们正生活在一个**非常邪恶的年代**，如果说在第欧根尼的时代要打着一盏灯笼才能找到一个好人的话，现如今就需要打两盏灯笼了。”② 甚至在他眼中，“我承认，以前的社会也和当今一样糟糕，过去的四五千年历史也足以给我们提供许多邪恶的范例，以往也有许多人犯下这样或那样的罪恶，但自从伊丽莎白女王时代以来，各种罪恶在英国猖獗的状况

① Captain Alexander Smith. *A Complete History of the Lives and Robberies of the Most Notorious Highwaymen…*：213.

② Captain Alexander Smith. *A Complete History of the Lives and Robberies of the Most Notorious Highwaymen…*：211.

的确超出以往所有王朝”①。

最后，在他的上卷序言的末尾，史密斯船长还强调了如何正确地“使用”他的罪犯传记。“它可以教导每一位诚实的绅士如何走好人生道路，还可以教每位公民比以前更好地做好安全防范。同样，帮助那些善良人避免上当，不落入这些犯罪分子的不明伎俩圈套。”（viii）这与笛福对自己作品的实用功能的强调是相似的，即读者通过阅读这些罪犯传记，既有利于得到警示，在道德上成为一个更好的人，警惕自己和那些坏人一样走上邪路，同时也可以获得一些实用技巧，能够在日常生活中识破坏人的套路，避免成为犯罪侵害对象。

## 二、实践中的偏差：“有用”还是“有趣”？

实际上，尽管史密斯船长确实可能有一些道德意图，但他真正想做的主要还是给读者提供一些感官刺激和阅读快感，并且还为此请求读者的谅解：“如果我在文中一些地方直接使用了从某些邪恶的坏蛋口中发出的亵渎或诅咒神灵之词，那只是为了让我的描述体现恰当的**文采**。读到这些非常肮脏可鄙的言辞——因为他们都是不近上帝之徒——很多人甚至会怀疑是否造化弄人，把他们吃饭和排泄的位置弄反了。”（iv）虽然他在文中经常使用“邪恶”（vicious，wicked）、“罪大恶极”（sinful）、“放荡”（debauchery）等贬义词汇来谴责那些罪犯，强调他绝不愿他的作品会鼓励人们去干坏事，但他在叙述过程中还是经常会对那些刺激感官的暴力甚至色情场面大加渲染。例如在《抢劫杀人犯托马斯·丹传》（“Thomas Dun，a Murderer and Highwayman”）这一篇中，他详细描述了丹被抓后遭受凌迟处死的场景：

① Captain Alexander Smith. *A Complete History of the Lives and Robberies of the Most Notorious Highwaymen…*：211.

> 刽子手从手腕处切掉了他的两只手，接着从胳膊肘处截断两支前臂，继而齐肩砍去两整条胳膊。接下来，从脚踝处切去两只脚，然后砍掉膝盖以下的小腿，再切除大腿根直至距离躯干不足五英寸。头部被砍掉以后，他的整个身躯被烧成灰烬。(28)

如此骇人的受刑细节描写应该绝不仅是为了让读者感到威慑，更是为了让人读起来感觉既恐怖又刺激，属于比较典型的"煽色腥"（sensational）片段。

除了暴力，更容易让读者感兴趣的是涉及情色的内容。当然，太露骨的情色描写通常没有，但作者在文中会经常提供一些男女之间饶有趣味的"情色擦边球"，这可以让罪犯传记叙述变得更加生动有趣。例如在《抢劫杀人犯杰克·奥威特传》（"Jack Ovet，a Murderer and Highwayman"）这篇故事中，奥威特在拦路抢劫了一名漂亮的女士之后，居然被其美貌打动，给她写了一封求爱信，企图诱骗她与他成婚：

> 女士，我想用这寥寥数语告诉您，虽然我不久前残忍地抢走了您二十基尼，您却更加残忍地抢走了我的心。它就像一把宝座，您端坐其上，而我全部的身心都为您的美貌所倾倒。……哦，我美丽的女神，不要害怕丘比特，他的脸上满是笑容，脖子上也挂着一串金灿灿的笑意。让我们听从丘比特的指令吧！让我成为能够给你幸福的另一个男人。(96)

这位女士给他的回信则更有趣味，她写道：

> 您的来信，我已收悉。但我对它深感不满，这种感觉甚至比被您抢劫更加强烈。您想成为我的丈夫，这个提议也让我感到尤为恶心。我的头脑足够清醒，我宁可一辈子嫁不出去，也强过答应您做

我的丈夫。或许有哪位傻姑娘会受到迷惑，愿意穿上白袍和您在绞刑架下完成婚礼。但即便是在教堂里，我也不会同意嫁给你这类人。(97)

劫匪向美女受害对象求婚，这样的桥段显然具有不少罗曼司意味。虽然我们也并不否认，这样的情节可以起到一定的道德警示作用，警告那些涉世不深的年轻女子不要轻易被骗子的花言巧语所欺骗，但其更重要的作用还是增加故事趣味，而且这两封信件的真实性也值得怀疑。另一个更加明显的例子是在《劫匪威尔·比尤传》（“Will Bew, a Highwayman”）这个故事中。与上一篇类似，劫匪比尤也是在拦路行凶过程中突然被受害女子的美貌打动，产生非分之想。两人之间的对话也非常有趣：

比尤：夫人，您的美貌简直勾魂摄魄，让男人心甘情愿去做您的奴仆。

女士：先生，实际上我觉得您太言过其实了。我还没有虚荣到认为自己真的配得上拥有那么多奴仆。

比尤：夫人，我向您发誓，您的花容月貌、一颦一笑都让我感到热血沸腾、难以自持，今生若能得到您的垂爱，没有什么能比这个更珍贵的了。

女士：谢谢你，先生，感谢您对我的美意。但有一句老话说得好：过于热烈的爱，来得快去得也快。因此请原谅我的无礼。(100~101)

在后续故事中，比尤求爱被拒恼羞成怒，凶相毕露，直接抢走了这位女士的所有财物。这样的情节描写显然没有什么重要的道德教诲意图，但却让整个故事读起来非常生动鲜活。色迷心窍、急不可耐的劫匪和矜持稳重、端庄含蓄的女士，两个人物的性格也都得到活灵活现的展示。

在整部罪犯传记全集中，最富有罗曼司韵味的情节发生在《声名狼藉的劫匪杜·瓦尔传》（"Du Vall, a Notorious Highwayman"）中。杜·瓦尔是一名颇有侠义色彩的劫匪。有一次他在拦路抢劫一位由骑士护送的女士时，居然提议要和这女士在路边共舞，整个场面描写可谓相当富有戏剧性：

> "阁下，"他冲着马车里的骑士说道，"这位女士吹奏的竖笛非常美妙，因此我相信她的舞也一定跳得很好。可否请阁下移步马车外，让我和她在路边共跳一支舞？"马车里的骑士回答道："阁下，您仪表堂堂，风度翩翩，我不敢拒绝您的一切要求。您看上去像个绅士，您的要求也很合理。"话音刚落，仆从掀开马车帘子，从中走下骑士。杜·瓦尔轻轻地翻身下马，伸手搀扶着女士走下马车。……跳完舞之后，他搀扶女士走回马车上。当骑士也钻进马车后，杜·瓦尔对他说："阁下，您忘记结账了。""哦？的确，我是忘记了。"骑士回答道，然后伸手从马车坐垫下取出一个小包，拿出100镑递给他。杜·瓦尔非常优雅地接过钱，然后礼貌地回答说："阁下，你很识时务，但不必为你此刻的表现而悔恨。因为你识时务，我也就不再拿你剩下的那300镑了。"同时他还对骑士说，如果后面又遇到他的其他手下，将保证其不再受惊扰。说完这些，他很礼貌地离开了。(223~224)

在这段文字中，作者用了好几个褒义词汇，并且通过细节描写来表现杜·瓦尔的风度，如"轻轻地翻身下马"、"伸手搀扶着女士"走下马车，跳完一支舞之后，又很绅士地"搀扶女士走回马车"，最后还"非常优雅地接过钱""礼貌地回答""礼貌地离开"，等等。与之形成鲜明对比的则是狼狈不堪的骑士，在劫匪面前胆怯畏缩，不但把自己保护的女士拱手相让——这对骑士精神来说是奇耻大辱——他还主动奉上钱财，对女士也缺少应该有的照顾，实在是没有骑士风度。总之，这是一段非常精彩的文字描写，人物形象跃然纸上，读来饶有趣味。这与后来19世纪新门派小说中的情节描写相比也毫不逊色。但如果说这种描写有什么实际道德“功用”则十分勉强。

## 三、史密斯船长的常见叙述模式

史密斯船长在他的《罪犯传记全集》不少章节里表现出很好的写作技巧，比如我们在上一节举到的几个例子，人物刻画相当生动，场面描写也很有戏剧化。但总体来看，史密斯船长毕竟还不是成熟的小说家，他的写作目的也不是严肃的文学创作。他主要考虑的还是如何更快速地写作并出版更多吸引读者的故事。因此，他的故事叙述就难免表现出这样或那样的“套路”或“模式”。通过分析这些“套路”，我们可以对他的罪犯传记书写有更清楚的认识。

首先，史密斯船长的大部分罪犯传记叙述有一个相类似的模式，即开篇先介绍罪犯的家庭出身，其父母通常都是老实本分的善良百姓，尽可能地给予主人公良好的家庭和学校教育。至于这是否事实则未可知，作者的主要意图是以此为对比，反衬罪犯本人那种不可救药的邪恶。与之相反，犯罪主人公大多则受某种邪恶的天性驱使，从小就游手好闲、好吃懒做。在开始做学徒后，又不爱劳动，经常旷工，身边再结交一些不三不四的坏人做朋友，往往在他们的诱惑唆使下第一次做坏事，并从此滑向不归路。例如在《杀人抢劫犯索尼·卡宁汉姆传》（“Sawney Cunningham，a Murderer and Highwayman”）中，作者写道：

> 他自打年轻时开始就残忍成性，是个抢劫惯犯，且生活放荡。他的父母双亲都是本分人，家境殷实，在当地数一数二，他也没费吹灰之力很快就得到了年入140镑的产业。但没过多久他就开始虐待自己的妻子，并很快把他们的财产挥霍一空，因为他身边总有一群狐朋狗友，并且整天在勾栏瓦肆鬼混。当然这种日子持续不了多

> 久，因为酗酒就是一个迷魂阵，人一旦进去了，就是想出来也出不来。就这样过了差不多五六年，他便花光了自己所有的财产。(29)

这是一段非常典型的罪犯出身概述，包含最常见的几个要素：父母本分，家境殷实；但自身本性恶劣，品行不端；结交坏人，开始犯罪。类似的叙述在整部《罪犯传记全集》中反复出现。例如《劫匪尼德·邦内特传》（"Nid Bonnet, a Highwayman"）开头讲述："邦内特生于剑桥郡，父母都是有口皆碑的好人，从父母那里受到了一些基础教育，学会了读写和算账等。"(53)《劫匪迪克·亚当斯传》（"Dick Adams, a Highwayman"）的开头也相似："这个可怜的家伙名叫迪克·亚当斯，生于格罗斯特郡，父母都是很有声望的好人，他们从小教给他读写和算账等基本能力。"(79)《抢劫杀人犯杰克·史瑞普顿传》（"Jack Shrimpton, a Murderer and Highwayman"）的开篇第一句就是："杰克·史瑞普顿的父母都是有很好口碑的人，住在白金汉郡的宾斯镇，他们从小就让他受到不少教育，以便长大能成为一名商人。"(213)《入室行窃犯汤姆·杰拉德传》（"Tom Gerrard, a House-breaker"）是另一个典型例子，这位罪犯被作者称为"在伦敦及其周边……被处死的240余位罪犯中最坏的一位，没有人比他更邪恶"，但他也有"诚实善良的双亲"，"在受过一些教育后，他在16岁时被送给一个禽肉商贩做学徒。但他在业余时间结交了一些坏朋友，喜欢上了游手好闲的日子，这给他逐渐带来一些麻烦。为了摆脱这些麻烦，他便入了贼伙"(264)。

在这种叙述方式的背后，其实暗含着18世纪前的一种比较常见的观点，即导致人犯罪的原因与家庭出身和社会环境关系不大，主要取决于人内在的天性。这当然与基督教宣扬的"原罪论"有一定关系，认为每个人内心都潜藏着罪恶，谁也不能确定这种恶在什么时候会萌发。良好的家庭出身和教育经历都不能保证一个人一辈子不做坏事。只有全身心听从上帝指引，才有可能最大限度地躲避灾祸。如此一来，应当为犯罪负责的就不是社会环境，而是每个个人。最终需要改造的也就不是社会制度，而是个人的灵魂。故此，在每一篇罪犯传记的末尾就要经常回归道德层面：罪犯在临刑前对自己的罪恶一生进行忏悔，祈求得到上帝宽恕。整部《罪犯传记全集》中，很少有关于社会改革的反思。因此我们可以说，作者史密斯船长的政治立场是比较保守的。

其次，在交代完罪犯的出身后，接下来通常就是快速叙述罪犯一生犯下的主要罪行。总的来看，史密斯船长的叙述比较随意，缺少明晰的时间线索或内在逻辑，整个故事的结构框架显得比较松散。最常见的模式是随机列举一些事例，频繁使用以“有一次”（one time）、“另一次”（another time）等时间作为开头的叙述句式，显得缺少变化。再加上作者在大部分篇章内采用全知视角叙事，在使用第一人称叙述的时候，又没有很好地把人物对话与上下文结合起来，故事的戏剧性不够强。这些都显示出作者的文学技巧比较欠缺。当然，整部书中也不乏精彩叙述章节，穿插使用了各种叙述视角。比如在《劫匪惠特尼传》（“Whiteney, a Highwayman”）中，作者使用第一人称，穿插了一整篇牧师的布道文；在《声名狼藉的劫匪杜·瓦尔传》结尾处附录了杜·瓦尔的一整篇临终遗书；《抢劫杀人犯哈曼·司卓特曼传》（“Harman Strodtman, a Murderer and Robber”）则完全采用了第一人称叙事，是唯一一篇罪犯自传，这在 18 世纪的罪犯传记中还比较少见。即便如此，与同时代的笛福、斯威夫特和菲尔丁等作家比起来，史密斯船长的叙述方式从整体来看还是比较简单原始，更接近 17 世纪之前流行的那种流浪汉文体的叙述方式。

再次，每一篇传记的末尾通常是交代罪犯的最终结局。不过与前面有关犯罪事例的叙述相比，结尾处往往写得非常仓促，既没有深入分析导致犯罪的各方面原因，也没有对事件的反思，给读者的感觉好像是作者仅仅为了象征性地履行其道德批判义务，交待一个“多行不义必自毙”的道德主题。例如在《臭名昭著的劫匪老莫布传》（“Old-Mobb, a Notorious Highwayman”）中，作者先用近 11 页的篇幅讲述老莫布犯下的多起罪行，最后用如下一段文字匆匆结束整篇故事：“最终老莫布的恶性还是被人发现，并在西敏斯特的塔希尔街道被抓获，被关入新门监狱。再后来他在老贝利街的法庭接受审判，遭受了36项指控，除了其中4项之外，其余指控全部成立。1690年5月30日，他在泰伯恩刑场被处死。”（23）不但篇幅很短，而且连一句谴责的话也没有。此外，虽然他在讲述个别罪犯的人生道路时会流露出同情的笔触，不过通篇来看，作者还是坚持了正义的立场。无论是心狠手辣、恶贯满盈的歹徒，还是劫富济贫、颇有侠义风范的绿林好汉，没有一个罪犯最终能够逃脱被处死的结局。总体来说，绞刑被视为对那些违法之徒的正义惩罚。

## 四、史密斯的道德立场

如前所述，尽管史密斯船长在序言部分宣称自己有严肃的道德目的，但他在实际写作过程中还是把趣味放在更重要的位置。在整部罪犯传记中，绝大部分内容是有关犯罪事例的叙述，较少有露骨的道德教条内容。不过在个别篇章的字里行间，我们还是能够发现他的一些比较值得注意的基本道德立场。

一是反对饮酒。在好几篇传记中，史密斯船长把饮酒视为导致人学坏的重要诱因。例如在《入室行窃犯汤姆·杰拉德传》中，他说道：“由于他很爱酗酒，经常喝得烂醉如泥，很多人怀疑他父亲是不是在喝醉的时候才有的他，而我则怀疑是他母亲在喝醉的时候才生下的他。每当酒精让他失去理智，他就再也无所顾忌，没有什么坏事不敢干了。”（268）在《抢劫杀人犯威廉·霍洛威传》（“William Holloway, a Murderer and Highwayman”）中，他又抨击喝酒的坏处：“在这里我们可以清楚看到醉酒的致命后果，而这种让人厌恶的不良嗜好如今却变得非常流行。我们经常可以看到有些人在酒桌上争高下，好像谁肚子里装的酒更多、谁更能喝，谁就更勇敢。酒馆是滋生罪恶的学堂，醉汉们在那里都成了讨好魔鬼的专家，没有什么坏事不敢干。”

（78）喝酒容易让人兴奋，尤其是醉酒之后更容易失去理智，在冲动之下去干出丑恶的事情。而且酗酒也是一笔不小的开支，容易让人陷入穷困，所以在基督教文化中历来就把酗酒作为“贪食”的一种而视其为“罪”。再加上17—18世纪清教主义在英国的影响，反对饮酒应当是一种比较主流的社会观念。史密斯船长持这一立场也就不足为奇了。

其次是反对阅读罗曼司文学。在《盗窃诈骗犯日耳曼公主传》（“The German Princess, a Cheat, Filt, and Thief”）中，史密斯船长用一大段文字抨击了阅读罗曼司文学的害处，认为这位号称“日耳曼公主”的女窃贼正是因为从小读了太多罗曼司故事，才逐渐学坏。他说：“我们不能说她受过多少教育，但她非常喜欢阅读，尤其是那些情爱故事，以及那些与骑士、游侠有关的故事……她经常把自己幻想成故事中的某位公主，抑或幻想成为某位有身份的贵妇人……后来又读了好多罗曼司，能够很好地复述那些冒险故事的内容。由于她经常反复读那些故事，她相信它们全都是真实的，沉迷于那些伟大英雄的壮举，还把自己想象成女主人公，并且认为自己早晚都将获得一个了不起的封号。”（237）在现实主义小说完全兴起之前，罗曼司文学曾长期是最流行的一种通俗文学题材。因为主要描写各种浪漫的爱情和历险故事，深受女性读者欢迎。史密斯船长反对女性阅读罗曼司文学，一方面确实是因为担心涉世不深的女性读者容易受到误导，另一方面也是因为罗曼司文学是罪犯传记文学的主要市场竞争对手。或许两个因素加起来，促成了史密斯船长对罗曼司文学的厌恶之情。

## 结 束 语

虽然有关史密斯船长本人的真实身份还是个谜，但通过本文分析，我们大致可以对他有一个认识。他应该是生活在18世纪初期的没落贵族阶级，受资产阶级革命的冲击，对社会现状多有不满，渴望能够回到查理一世之前的封建状态。他文化水平较高，信息来源也比较广，熟知发生在全国各地的犯罪案件，并能够用较好的文笔记述下来。但与同时代的现实主义作家相比，比如笛福、斯威夫特和菲尔丁等人，他的写作手法还比较简单，缺少自觉的文学创作意识，最主要的创作考虑还是为了市场利润。但他和笛福一样，也要以道德教诲作为口头上的创作主张，以便获得创作罪犯传记的合法性理由，不过为读者提供阅读快感才是他实际最关心的事情。尽管他在写作过程中也会经常同情犯罪主人公，但也必然让他们罪有应得，最后得到正义审判。他的作品缺少社会批判意识，基本从未反思过社会改革问题，因为他和同时代绝大部分人一样，认为犯罪根源主要在于个人的道德修养和内在天性，与社会环境没多大关系。当然，我们也不能因为史密斯船长的这些缺陷而否认他的贡献。当我们在阅读他的罪犯传记时，我们读到的实际也是最早诞生的小说。虽然其中有不少明显虚构的成分，但总体来看还是能够让我们对17 世纪英国社会生活的真实状况有种大体了解。他的罪犯传记自由地融合了事实与虚构，并且主要的叙述对象也都是社会底层的普通人，而非像罗曼司文学那样主要关注贵族，这就为后来那种更加有现实主义特色的叙述文体的出现做好了铺垫。

# 第三章
# 18 世纪罪犯传记研究（二）：
# 查尔斯·约翰逊船长与《劫匪记述》

## 引　　言

18 世纪常被视为英国启蒙运动发生的主要时期，自由和理性的光辉无处不在，工业革命和科技进步推动英国社会快速发展，朝着更加繁荣稳定的新社会秩序不断前进。但实际上整个 18 世纪也是一个剧烈的社会转型期。封建体系逐渐解体，新的资本主义秩序又未完全建立，因此，在某种程度上来说，这也是英国社会最为混乱的时代之一。很多野心家和心怀不轨之徒跃跃欲试，试图借助人们处在新旧价值体系的交替期之际为所欲为，导致各种犯罪活动频发。在这样的大背景下，生活于 18 世纪的英国人便对犯罪活动怀有极大兴趣，这主要是因为社会处于转型期，传统的封建社会秩序逐渐解体，向自由资本主义社会过渡。在过去曾经发挥作用的那些道德约束和生活规范渐渐失去作用，在逐利动机的驱使下，很多人内心的作恶欲念不断增长，社会犯罪率与日俱增。随着犯罪率的上升，再加上腐败低效的行政执法系统，人们的社会安全感大为降低，对猖獗的犯罪活动的恐惧和好奇也就与日俱增。为此，他们把目光投向当时的众多犯罪文献。再加上 18 世纪出版印刷行业的发达，识字率及文化水平也在不断攀升，这也导致包括罪犯传记在内的各种通俗文学的繁荣。

18 世纪最有代表性的通俗罪犯传记作家主要有两位。除了我们在上一章分析的亚历山大·史密斯船长之外，另一位重要的代表人物就是我们在本章将要研究的对象查尔斯·约翰逊船长（Captain Charles Johnson）。他现存于世的代表作是《最著名劫匪、强盗以及其他各类罪犯的生平所为，同时附录有关著名海盗的航行和劫掠的记述》（*The History of the Lives and Actions of the Most Famous Highwaymen, Street-robbers, &c. & c: To Which Is Added a Genuine Account of the Voyages and Plunders of the Noted Pirates*，下文简称《劫匪记述》），下文主要讨论的也是这一本著作。

## 一、作者身份之谜：约翰逊船长是笛福的化名？

与史密斯船长相比，约翰逊船长的真实身份也同样扑朔迷离。迄今为止，我们找不到任何有关查尔斯·约翰逊船长的历史档案记载，因此这个名字和亚历山大·史密斯一样，也很有可能只是某个匿名作者使用的笔名。有人认为约翰逊不过是当时伦敦的一位出版商的名字，真实作者另有其人。著名丹尼尔·笛福研究专家、美国学者约翰·罗伯特·摩尔教授（John Robert Moore）曾经在 1932 年提出一个颇有争议的论点，认为约翰逊船长实际上就是笛福本人（1660—1731）的又一个化名。事实上，在英国历史上曾经有 500 多部各类“文学”作品都被怀疑是笛福所写。因此，摩尔的推断也并非异想天开。他通过分析署名约翰逊船长的作品中经常出现的短语、喜剧化的反讽，尤其是较丰富的人物对话、非常戏剧化的故事场面以及经常出现的道德反思等，认为这些都和笛福的写作风格非常相似。况且作者在字里行间也表现出对英国海外殖民和贸易发展的关心，对航海生活的熟悉，对造船业、捕鱼业、婚姻关系、债权法律等的了解，以及对政府的由来和运作等问题的好奇等，这些线索都说明作者就是笛福本人。①

摩尔教授的看法得到很多人支持。迄今在国外很多图书馆里面，都可以发现有不少原本署名查尔斯·约翰逊船长的罪犯传记被归入了笛福名下。由威廉·格瑞福斯（William Graves）撰写导言的《最臭名昭著的海盗们的抢劫和谋杀通史》（*A General History of the Robberies and Murders of the Most Notorious Pyrates*. New York & London：Garland Publishing Inc.，1972）以及由曼纽尔·史肯霍恩（Manuel Schonhorn）编辑并撰写序言的《海盗通史》（*A General History of the Pyrates*. London：J. M. Dent & Sons，1972）也都干脆把作者署名直接改为丹尼尔·笛福。在笛福生活的年代，匿名发表作品是非常普遍的做法。史肯霍恩指出，“在威廉国王和安妮女王统治期，匿名（发表）是通行规则”，“出版协议都是匿名签署，为的是保护作者免受迫害，有时甚至是严重的鞭刑。由于笛福的很多写作都是为政府服务的秘密工作，所以他在出版作品时几乎有意隐去了所有署名。匿名和隐身，故意用一些手写体的障眼法，或者找一个替身代理，这些都是游戏规则，或者我们甚至可以说在作者署名上耍一些花招就是笛福的第二本性”。② 不过摩尔教授的这个主张也有争议。后来又有两位笛福研究专家佛班克（P. N. Furbank）和奥文思（W. R. Owens）对这一看法进行了驳斥，他们认为摩尔的观点缺少足够的文献证据证明，因此只能是一种猜测，不足为信。③ 还有人认为，虽然约翰逊船长的身份存疑，但字里行间显示出他对水手语言和海盗奉行的江湖规矩相当熟悉，拥有丰富的航海知识，说明他或许真的曾经担任过船长，而笛福似乎对此并无太多了解，

---

① 参见 John Robert Moore. *Defoe in the Pillory and Other Studies*. Bloomington：Indiana University Press，1939：129-188.

② Manuel Schonhorn. *A General History of the Pyrates*. Manuel Schonhorn ed. London：J. M. Dent & Sons，1972：xxii.

③ P. N. Furbank & W. R. Owens. *Defoe De-Attributions*：*A Critique of J. R. Moore's Checklist*. London：Hambledon Press，1994：133-134.

故有人认为可能是与笛福有些交往的一位名叫纳撒尼尔·密斯特（Nathaniel Mist）的朋友所写，因为他曾经在加勒比海域服务于皇家海军，故而有可能熟悉海盗的故事和背景。① 还有一个很重要的理由是，约翰逊船长的罪犯传记在相当程度上是在史密斯船长的罪犯传记启发下完成的，两者之间有相当数量的篇目重叠。很多传记是在后者作品基础上改写而成，有时候甚至是直接抄袭。不过史密斯船长的罪犯传记本身也有诸多内容是借鉴甚至抄袭了此前有关罪犯传记的各种文字记载、民间传说、法庭判词等。主要是因为在 18 世纪仍没有严格的著作权意识的缘故。但无论如何，考虑到笛福一生充沛的文学创造力，按常理推断他应该不会抄袭史密斯的作品。因此综合判断，真实的约翰逊船长应该不是笛福，而是某一位隐姓埋名、被文学史遗忘了的重要作家。

时至今日，人们对约翰逊船长真实身份的考证已经逐渐失去兴趣。无论约翰逊船长是否确有其人，至少有一点可以确认，他是一位非常多产的作家，出版了十多部形形色色的罪犯传记。而且他的想象力和创作技巧都比史密斯船长有较大提高，对英国现实主义小说的兴起起到了重要的铺垫作用。他的作品中流传至今且最有影响的，就是本书要分析的这部《劫匪记述》。本书主要参考的是美国闪电源出版公司（Lightning Source Ltd.）在 1813 年爱丁堡版本基础上制作成的影印复制版。虽然字迹漫漶不清，但完整保留了出版时的原貌。②

---

① 参见 https：//www. rct. uk/collection/1052025/a-general-history-of-the-lives-and-adventures-of-the-most-famous-highwaymen.

② Captain Charles Johnson. *The History of the Lives and Actions of the Most Famous Highwaymen*, *Street-robbers*, *&c. & c*：*To Which Is Added a Genuine Account of the Voyages and Plunders of the Noted Pirates*. Edinburgh：Printed by John Mols, Royal Bank Close, for Longman, Hurst, Rees, Orme, & Brown, London, 1813. 本章所有小说中的引文都出自这个版本，下文将随文直接标注页码，不再另外做注。与上一章类似，闪电源出版公司提供的这个影印版是在 1813 年版本基础上完成的，其中有很多地方字迹漫漶不清，甚至还有些地方页码排版有错误。本文引文并未予以纠正，而是根据出版页码标注，以便忠实于原文。

## 二、“本书的目的是寓教于乐”：约翰逊船长的叙述合法性

与同时期的其他作家一样，约翰逊船长也面临为自己的犯罪文学创作寻找合法性的问题。不过与他们不同，他没有通过为作品添加“序言”的方式为自己辩护，而是把自己的写作理由渗透到作品中的字里行间。最能清楚表达他的写作立场的一段话，出现在《阿瑟·钱伯斯传》（“Arthur Chambers”）的开篇部分，他说：“**本书的目的是寓教于乐**（both to instruct and to amuse），我们有时候会给读者带来一些幽默搞笑或者稀奇古怪的冒险情节，有时候则会表现一些血腥和暴力场景，以便让读者能够正确地明辨善恶。”（66）① 类似的表达在文中其他地方也多次出现。比如在《杰克上校传》（“Colonel Jack”）的开篇部分，他写道：

> 世人命运多有不同，变化无常，就像一个有趣的田野牧场，**读者可以从中得到有趣的启示**（useful instruction）。当他看到痛悔是某人邪恶一生的最幸福结局时，没有理性、挥霍浪费的读者将学会改造。这是本书的编辑者们设想的目的。他们不能向读者提供准确无疑的证据，以保证以下讲述的生平传记的精确性，但读者也不应因此而怀疑其诚真性（authenticity），而且读者可以发现，它可以提供很多重要的启示。（276）

到了本篇结尾处，他再次强调：“当我写作这个故事时，我不认为人们都应该追赶潮流去写人物传记。不过，既然我的一生如此与众不同，且充满如此多的意外事件，**读者肯定可以从中得到许多重要的反思，学到**

① 本章所有着重号均为本书作者所加。

**很多有用的教训**。因此，他们因为我的不幸而受益，或者我的叙述与我的一生所作所为相比起来，对我的国家将不至于那么一无用处。”(295)

早期绝大多数文学作品基本是以此为目标的，即号称对社会道德有好处。而对于罪犯传记这种通俗文学来说，它更需要以此为借口。古往今来，人们通常都认为只有那些了不起的王侯将相、英雄伟人才值得被人们记忆，他们的事迹需要被传颂和学习。而那些劣迹斑斑、恶行累累的罪犯又有何值得被记忆的？为什么要为他们写传记呢？除了把他们作为“负面典型”来警示后人以外，另一个不能忽视的原因就是人们对这些神秘人物的恐惧和好奇，而且越是恐惧就越是好奇。罪犯传记能够很好地满足人们的这种好奇心，所以就很有市场。但作者肯定不能只以市场销售为目的，他还是要以道德教诲作为表面上的首要理由。

例如在《哈曼·斯特罗德曼传》（“Harman Strodtman”）的结尾处，史密斯船长以罪犯本人的第一人称语气表达了对自己一生所犯错误的悔恨：

> 我自愿叙述了我的一生，对我在这个世界上所犯下的罪恶毫无遮掩，**希望所有人，无论男女，都能够吸取我的教训**，我以前也从未想过自己居然会犯下如此之多、如此恶劣的罪行。现在我就要永远离开这个世界了，而我还没有在这个世上活够，我才刚十八岁，对世界和自我都还没有认识全面。然而我也要感谢仁慈上帝，让我睁开了双眼，让我看得更清楚，更能够理解和看清那些美好事物。因此，**我建议所有人都应该以我的堕落为教训**，不要像我一样被撒旦设下的圈套绊倒，因为或许并非所有人都能像我一样得到上帝的怜悯。为此我将热爱和赞美我伟大的造物主和改造者，并将永远崇拜他。(491-492)

像这样由罪犯在临刑前现身说法并做出深刻忏悔，无论过去还是现在，通常都被视为一种非常有效的道德教诲手段。在上一章我们讨论的史密斯船长的《罪犯传记全集》中，这种第一人称叙述还极少见。但在约翰逊船长这里则被频繁使用，显示出他在叙述技巧上有较大进步。采用第一人称形式完成的罪犯传记，类似于罪犯自传，显然要比第三人称显得更加真实，也更能触动读者内心，道德警示作用自然也就更强烈。再比如《惠特尼传》（“Whitney”）中的如下罪犯自述：

> 我曾是一名作恶多端的罪犯，既悖逆上帝也悖逆我的国家，践踏了所有神圣的法则和人间的法律。我相信在场没有人在此之前没听说过我的名字，或者没看过列举我的罪行的长篇目录，自从它被公开以来。既然如此，我为什么还要假装洗清被这些罪行沾染的我的一生呢？对我的宣判是正义的，我现在能看到死神的脚印，而在我被抓捕羁押受审期间，我曾经对它发出不屑的嘲笑。我希望我当下对这些事物的理解能让我与天堂达成和解，这是此刻我唯一关心的事情。和我一起祈祷吧，我亲爱的同胞们，祈祷上帝在我最后的时刻不会抛弃我。(301~302)

惠特尼在临刑前深刻而真诚地为自己的罪恶一生做忏悔，不只是为了获得观众和读者的同情怜悯，更重要的是承认法律的公正，是向“所有神圣的法则和人间的法律”低头认罪，并警告世人：凡是扰乱现实秩序、不愿服从管制的破坏分子，都将得到这样的下场。

## 三、“这人天生就是个贼”：约翰逊船长的天性论

除了像上述这种在总体上要求当时的读者做遵章守纪的老实人之外，约翰逊船长在书中还宣扬了哪些更加具体的道德启示呢？翻阅整部《劫匪记述》，我们不难看出，约翰逊船长的基本道德立场并未超越他所处的那个时代，即总体上仍把犯罪视为某种道德天性上的“缺陷”

所导致。最能代表他看法的一句话出现在《迪克·修斯传》（“Dick Hughes”）中，他说：

> 仔细探究起来，我们将会发现，人人身上都有的某些特定天性构成了我们主要的行为准则。在这个人身上起主导作用的是虚荣和骄傲；另一个人身上则是野心勃勃，以及对权力的渴望；第三个人则是贪婪的口腹之欲；第四个人则是嫉妒和仇视。这些天性原本看上去很正常，但很快却积聚能量以至于影响了整个人的性格和行为。(336)

这句话可以看作约翰逊船长乃至他那个时代的基本道德意识形态，对他理解人物的犯罪动机起着基础性影响。比如在《摩尔·拉比传》（“Moll Raby”）中，他说：“每一个人都有其特定天性，劫匪也一样。”(369）在《安德鲁·贝恩斯传》（“Andrew Baynes”）中，他认为：“这个人自打一出生就很坏，随着年龄的增加也越来越堕落。”(462）在《汤姆·马什传》（“Tom Marsh”）中，他的意见是：“他不断放纵自己好逸恶劳的天性，挣来的薪水根本不够满足他的需求，于是就开始偷窃。”(459)《简上尉》（“Captain Jaen”）中的类似表述是：“简生性就很凶残，且飞扬跋扈。”(454）他在《史蒂芬·邦斯传》（“Stephen Bunce”）中则干脆认为：“这人天生就是个贼。”(322)

约翰逊船长把犯罪动因归结为人的“天性缺陷”，也就是否认家庭、教育、环境和社会制度等因素在导致犯罪方面有任何作用，进而其潜在的意图也就是避免在教育和社会制度等方面进行改革，为现有制度做辩护。作者多次强调，教育对于改造人的天性起不到作用。比如他在《索尼·卡宁汉姆传》（“Sawney Cunningham”）中说：“有着良好的教育引导，或者说品行正派的父母示范，都不足以让一个人成为一个社会好成员。他的自然天性总是倾向于奢侈享受和邪门歪道。”(91）在《威廉·奈维森传》（“William Nevison”）中，他写道：“人们在艺术和科学方面取得进步的速度总是不如在邪恶和愚蠢方面更快。前两者是习得的，后两者却是先天生来就有的。……最好的教育也有可能被邪恶的天性所败坏。”（159）《杰克·博尔德传》（“Jack Bird”）和《克劳德·杜·瓦尔传》（“Claude Du Vall”）应当是两个最明显的例子，两人都有着不错的出身和成长环境，但邪恶的本性还是使他们滑向罪恶深渊：“杰克的父母都是勤劳正派的人，他从小也接受了适当的教育。一开始他给一名面包师傅做学徒，但仅仅服务 3 年之后便逃离，去往伦敦，加入一支近卫步兵队。……他的贪婪和不安分的本性促使他从部队逃离，来到阿姆斯特丹，从偷窃一块丝绸开始他的犯罪生涯。”（165）“杜·瓦尔的父亲是一名磨坊主，他母亲也是生在颇有声望的裁缝世家。他从小在天主教信仰环境下成长，受到的教育是要成为一名近卫步兵。不过尽管他父亲小心谨慎地按照祖先的宗教信仰培养他的孩子，他自身还是不信教。他更常说起的是纵情欢娱而非清规戒律，是奢华的盛宴而非热烈的信仰，是美酒而非工作。”（144）

今天的人们普遍认为，家庭和社会环境对一个人的影响极为重要。人并非生来就注定要做好人或者坏人，所谓的天性通常不过是一张白纸，具有向恶和向善两种可能。如果从小没有受过适当的教育，不明白事理，处处以自我为中心，肯定就容易激发内心深处的动物本能。但恰当的教育引导，则可以让一个人学会遵守社会准则，用弗洛伊德的话来说，应当就是学会用“超我”来规范“本我”。但对 18 世纪的人来说，这种看法还没有成为主流。源自基督教的“原罪”意识还是容易把犯罪与人天性联系起来。比如作者在《沃尔特·特雷西传》（“Walter Tracey”）中专门指出的：“本节故事的主人公的冒险生涯既没啥趣味，也没啥重要性。但他和卡宁汉姆一样，他的一生充分显示出良好的教育究竟可以导致多么堕落的后果，身边有好的示范也起不到多少作用，他身上的各种天性都不能给他带来安分守己、诚实可靠和勤劳朴实的性格。”（96）后来又补充说：“通往邪恶的道路非常平坦，一旦走上去还会觉得很刺激有趣，但却不能走回头路，而且回望起来会发现，除了崎

岖不平和昏暗无尽之外，别无他物。”（97）

18 世纪的人们普遍认为，每个人身上都有某种罪恶的欲念，说不准它会在什么时候被诱发出来。即便是一位素日老实本分的好人，也可能在特定环境下突然失足成为坏人。在他们的词典中，法律意义上的“犯人”和宗教、道德意义上的“罪人”并没有本质区别。在上帝面前，任何人都是“罪人”，也都是潜在的“犯人”。他们所能做的就是在上帝面前永远忏悔，永远反省自身，对自己保持警惕，当然也要警惕不受身边坏人的诱导。在约翰逊的笔下，不只一次地提及，身边坏人的引诱是导致人们走向堕落的重要起因。比如在《野蛮人托马斯传》（“Thomas Savage”）中，他认为：“很不幸，他被一群朋友领着逛了一次窑子，那种地方一再证明是年轻人最初开始走向罪恶的地方。后来他自己也经常去，有时还从主人那里偷带一两瓶酒以取悦于他的女相好。”（273）在《伊万斯上尉传》中，他的看法是：“这个行当不适合伊万斯船长的自然本性。因为一个偶然的机会，他和那些剪径的绅士们（劫匪）搭上关系，从此就喜欢上他们那行让人尊敬的职业（抢劫）。”（319）他在《威廉·盖尔廷斯传》（“William Geltings”）中又说：“很不幸，他结识了一些不三不四的人，很快在思想和行为上都变得很堕落。”（370）在《楠·何福德传》（“Nan Herford”）中则写道：“她的不幸之处在于落入了坏朋友圈子，他们诱导她偏离了诚实本分的人生，踏上了对许多人造成伤害的道路，最终也给自己带来毁灭。”（456）在《理查德·柯伊尔传》（“Richard Keele”）中，他再次强调：“为了满足他的那些邪恶欲望，他大部分时间都是与那些最放荡的男男女女为伴。”（430）

自古以来，懒惰通常被视为人身上最不好的品质之一。如果说在中世纪时期，由于宗教和战争经常占据人们的生活中心，过度勤劳甚至被视为贪婪的标志、工作与偷懒之间的矛盾尚不突出的话，那么在英国经历宗教改革以后，经济活动逐渐成为生活的重心，随着资本主义经济制度的不断发展，人们则被要求把大部分精力用于创造和积累财富，好逸恶劳、贪图享受越来越被视为最不可接受的罪恶，甚至是导致一切犯罪的源头。于是在约翰逊船长的《劫匪记述》中，“逃跑的学徒”便成为最常见的人物类型，它几乎就是犯罪的前兆。读者经常可以看到一些学徒工因为不喜欢劳动，私自逃走，最后成为罪犯被绞死的例子。例如在《托马斯·拉姆鲍德传》中，主人公原本是泥瓦匠学徒，“但学徒期仅过了三分之一就逃跑了”（118）。詹姆斯·海因德上尉是一位屠夫学徒，不过仅过了两年也就不干了，“恶狠狠地抱怨师傅暴躁易怒爱争执的坏脾气”（133）。前面提到的克劳德·杜·瓦尔是一名理发师学徒，后来因为和顾客打架而逃之夭夭。杰克·博尔德（Jack Bird）是面包师学徒，“但服务三年之后就跑了，逃到伦敦加入了近卫军部队”（165）。杰克·奥威特（Jack Ovet）是制鞋匠学徒，“但其放荡的天性驱使他结交一些喜欢花天酒地的坏朋友，很快他便走上抢劫道路”（260）。托马斯·沃特斯（Thomas Waters）是公证员学徒，“但枯燥的工作不适合托马斯那种不安分的天性，七年合同期过了还不到一半，他就偷偷溜走了”（316）。伊万斯上尉（Captain Evans）是律师学徒，“这个行当不适合伊万斯上尉的自然本性。因为一个偶然的机会，他和那些剪径的绅士们（劫匪）搭上关系，从此就喜欢上他们那行让人尊敬的职业（抢劫）”（319）。哈维·哈钦斯（Harvey Hutchins）是一名银匠学徒，却“被师傅告发偷窃”（339）。杰克·谢泼德是藤椅匠学徒，也因为不愿遭受师傅虐待而逃走。（364）而且这些学徒逃跑后几乎都会去往伦敦，因为伦敦是人口聚集的大城市，既容易藏身，也容易找到谋生之道。但同时伦敦也是鱼龙混杂的地方，常年活跃着大量的犯罪团伙，初来乍到的年轻人很容易在这里遇上各种不三不四的坏人，继而走上犯罪道路。于是，“好逸恶劳的学徒逃往伦敦变成盗匪”也就成为《劫匪记述》中最常见的叙事模式，比如在第 260、263、270、336、339、342、345、349、352、370、378 等页，都可以读到类似叙述。

除此之外，结交坏女人也被视为导致男人犯罪的重要诱因。有多个故事曾提到这一点。比如在《托马斯·韦恩传》（“Thomas Wynne”）

中，他叙述："他来到伦敦，与一些狐朋狗友为伍，特别是与一些最不检点的女人为伴。九年后，为了满足自己和身边这群人的挥霍，他几乎无恶不作。"（270）在《杰克·爱迪森传》（"Jack Addison"）中，他也认为："身边有个行为放浪的婊子为伴，导致他偏离了勤劳诚实的人生道路。"（460）而在《杰克·谢泼德传》中，他干脆总结出一条道理："身边有个喜欢挥霍的女人为伴，男人就容易沾上奢靡放荡等各种恶习。若不是因为这种女人的存在，他原本很可能不会变得这样。"（365）

值得注意的是，约翰逊船长的叙述语气在大部分时候不是鄙视而是同情。"不幸"（misfortune）一词频繁被使用。也就是说，"我们"之所以没有犯罪，并不是因为"我们"的本性比他们好多少，而只是因为比他们更"幸运"而已。所以"我们"需要引以为戒，从他们身上吸取教训。其中最重要的一条教训就是不结交坏人为友。

## 四、幽默与哥特：寓教于乐的两种手段

自古以来，"寓教于乐"就被视为最有效的道德教诲手段。枯燥的说教让人乏味腻烦，尤其对年轻人来说更难起到好的作用。若能渗透到有趣的故事中去，让读者在愉快的阅读中受到启发和警示，则不失为有效的手段。在《劫匪记述》中，约翰逊船长主要通过两种手段来实现"乐"的效果。

首先是使用幽默的语言，制造滑稽搞笑的场景，让读者读到相关情节不禁发笑。比如在《克劳德·杜·瓦尔传》中有一段故事，讲述杜·瓦尔在做理发师学徒期间，因为手法不熟练而把生意搞砸，闹出一个大笑话。故事情节描写非常生动滑稽，极富画面感，让人读来不禁捧腹大笑：

> 他用严厉的语气问我是否懂行。我觉得如果说自己不懂就太丢

人，于是大声回答说我懂。“那么，就把我这边的络腮胡烫好卷上去”，他说，“如若不然，我就到大街上去找你师傅麻烦”。我不想被发现是在说谎，也不觉得卷胡子是什么难事，于是想也没想，就抓起一支在火上烧了好久的烙铁。由于没什么东西可以在上面试热，我也想显得手脚麻利一些，就拿起一把梳子，卡在他那浓密的大胡子上，然后直接把烙铁贴上去。就在烙铁和梳子刚一接触的瞬间，立即冒出一股烟，就像是从烟囱里窜出来一样，还发出嗞嗞的声音，不到片刻所有的毛发便都被烧光了。他怒不可遏地大喊道：“你个狗杂种，你当我是圣徒劳伦斯呢，你想活活烧死我?!”话音刚落，他冲我就是一拳打来，把我手中的梳子打掉。而我在慌乱之中也不知避让，刚好把那只滚烫的烙铁贴到他脸颊上，这让他发出一股凄厉的惨叫，简直要把房子震倒。(152)

在《惠特尼传》中，也有一段情节，讲述窃贼们计划偷窃一位酒馆店主家中的牛，却在作案过程中把一只熊误当成牛，闹出一场大笑话，场面也是非常滑稽：

屠夫们继续纵饮狂欢，直到夜幕降临，他们很爽快地结了账，心里盘算着偷了牛之后就能把钱再捞回来，于是便离开酒馆，并继续在周边晃悠直到夜深人静，便来到他们之前踩点看到的牛栏。惠特尼被送进去牵牛。恰好那只熊正在牛栏里伸懒腰。当惠特尼伸手抱住它的时候，他感到很奇怪，这只牛身上的毛怎么突然之间长这么长？那只熊误以为是它的主人又进来了，以为是又要和往常一样带它出去。它还没察觉出进来的是个陌生人，就用两只大熊掌一把抱住他，死死地搂在怀里。(296)

其次，哥特式叙述是作者经常使用的又一种“乐”的手法，即通过制造恐怖氛围，让读者在惊悚中兴趣盎然。哥特式文学自中世纪以来一直非常流行。漆黑的夜晚、幽深的地穴、高耸的教堂、神秘的渡鸦、凄厉的怪笑、恐怖的尸体、骇人的吸血鬼……这些要素组合起来构成的氛围，总会让读者既害怕又兴奋，欲罢不能。约翰逊船长在《劫匪记述》中也经常运用哥特手法。比如在《索尼·比恩传》（“The Life of Sawney Beane”）中，他讲述凶残的罪犯一家居住在隐蔽的山洞里，他们不但四处劫财，还会残忍地把受害人杀害吃掉。他用如下一段话描写他们被抓获后，人们在他们的贼穴中看到的恐怖景象：“一大群人跟着走进洞来，他们看到的是一幅让人极为震惊的、在苏格兰乃至全世界都前所未有的恐怖景象。人的小腿、胳膊、大腿、手和脚都像风干的牛肉一样悬挂着，有男人的也有女人的，还有些是小孩的。有些胳膊以及其他人体器官都用盐腌着。”（36）对于身处启蒙时代的18世纪读者来说，居然还有这样的食人家族生活在身边，这绝对是非常恐怖且刺激的情节。

在《托马斯·当恩传》（“Thomas Dun”）中也有一段恐怖描写，讲述主人公借宿一户人家，主人家里正在举行婚礼，却遇上“闹鬼”的故事：

> 火堆烧得很旺，照得整个房间很亮堂。当全家所有人都去休息以后，他躺在那里辗转反侧，焦虑不安，期待会有什么事发生。没过一会儿，他房间的门开了，走进来那个新娘子，就是晚饭时他曾经仔细端详过的那位。他一开始有点懵，说不准是否只是和她长得有点像的其他人，但很快就确定就是那位女士无疑。不过她是否在梦游，这他说不准，于是干脆就盯着她的动作。她似乎也在紧盯着他的面孔观瞧，然后围着床转了一圈，轻轻地脱掉衣服，在他身边躺下来。但没躺下多久，她就从手上摘下一只硕大的钻戒放到枕头边，然后就和刚进来时一样，轻轻地走出了房间。(89)

这是更典型的哥特式故事场景。梦游中的新娘穿着白袍子，像幽灵一样来到主人公身边脱衣而眠，临走还留下价值不菲的钻戒。贼胆包天的主人公没费吹灰之力就财色双收。故事氛围虽然甚为恐怖，但也让人浮想联翩。

能够让读者在快乐的阅读中得到道德教诲，这自然是最理想的结果。但在实际操作中，“乐”与“教”的比例也是很难把握的。尤其是对于罪犯传记这种通俗文学来说，作者为了吸引更多读者，获得更好的市场利润，在很多情况下，“教”沦为了“借口”，“乐”成了主要的目的。事实的确如此，他真正在意的是给读者提供愉悦，促进销售。事实上，约翰逊船长的罪犯传记在当时并非廉价街头读物，而是售价不菲的中高档商品，最初发行时还配有精美插图版画，可见其读者群都是中产阶级以上的人群。他们买书阅读的目的可不是为了接受道德说教，打发无聊的空闲时间往往更加重要。正因如此，约翰逊船长就把重心放在了增加故事趣味上面。除了使用幽默和哥特手法之外，他还使用了其他很多叙述技巧，比如穿插运用不同的叙述声音，使用书信体和对话等手法增加故事的戏剧化效果等，也都是服务于这个目的。除了在少数故事中他会加入大段的道德说教之外，他在绝大部分传记故事中把重心放在讲故事而非说教上，只是在故事的结尾非常仓促地添加上几句类似“恶有恶报”的总结，算是摆一下姿态，完成道德教诲的义务。比如在《金农传》（“The Golden Farmer”）的结尾是这么一小段话：“这个著名劫匪后来又做了一些暴力案件。但他的所作所为如今都被人知道了，许多人向他发出强烈抗议，最终合谋扳倒了他。他很快被抓获并投进监牢，接着被审讯后判刑。他在狱中也满不在乎，过得仍旧和之前一样欢乐，最终惨死，结束其罪恶一生。”（33）《阿瑟·钱伯斯传》的结尾更加典型：“为了不让我们的读者失去耐心，我们在这里只需再多说一句。他后来继续四处掠夺，做了很多的坏事，犯下数不清的罪行，终于恶贯满盈，被缉捕审讯并被判死刑，在绞刑架上结束了其邪恶的一生。”（72）约翰逊船长和他之前的史密斯船长一样，在很多时候是把娱乐作为最主要的考虑，虽然在叙述中还经常摆出一副道貌岸然的样子，但就像格莱德菲尔德（Hal Gladfelder）所说的那样，这种道德腔调不过是“出于义务而摆摆姿态”①。

## 五、忠君思想与人本主义精神：约翰逊船长的思想矛盾

18 世纪罪犯传记叙述的一个有趣现象是，大多数劫匪是单独作案，这是因为 18 世纪的人们对有组织犯罪比较害怕，一群有武装的劫匪拦路打劫行人，这对公众来说是不敢想象的可怕事件。相反，一位颇有些侠义精神、讲究“盗亦有道”的劫匪独自抢劫路人，这种略带罗曼司色彩的想象式描写更容易被当世人接受。约翰逊船长对他笔下的罪犯态度往往是含混的，既有同情甚至是钦慕，也有憎恶。他从一种基本的人本主义立场出发，对所有罪犯都抱有同情和怜悯态度，视他们为不幸堕入邪恶的普通人，而非“异类”。这与 19 世纪以后人们普遍把犯罪群体视为另一个“阶级”“种族”或“异类”的做法完全不同。作为人文主义者，他推崇社会稳定，希望人与人之间都能够和睦相处，彼此友善对待。这或许是因为他生活在英国内战之后，对资产阶级革命派给社会带来的动乱深怀不满，尤其是克伦威尔率领的革命党人居然处死查理一世，严重冲击了传统社会秩序，使英国在此后百余年间都动荡不安。另一方面，他又反对过度的阶级压迫，对艰难挣扎生活在社会底层的穷苦人抱有同情。总体来讲，他所钦慕的往往是那些支持王党、反对资产阶级革命派立场的人。而如果劫匪还是行侠仗义、劫富济贫的好汉，则更会受到他的推崇。比如在《菲利浦·斯塔夫德上尉传》（“Captain Philip Stafford”）中，他如此描述：

① Hal Gladfelder. *Criminality and Narrative in Eighteenth-Century England: Beyond the Law*. Baltimore: John Hopkins University Press, 2001: 71.

> 当查理一世与他的臣民之间爆发战争后，斯塔夫德是最先加入保王派军队的人之一。……后来国王被处死之后，权力完全落到反对派手中，保王派不得不躲藏起来，以免受愤怒的对手迫害。……在这些艰苦的日子里，他打定主意要打劫那些老国王的敌人们。在他看来，因为那些人夺走了王子的性命，也剥夺了他的王位继承权，因此抢劫他们的财物也就完全是正义的。(23)

《劫匪记述》中的其他几位保王派劫匪也都得到很多正面描写。比如在《詹姆斯·海因德上尉传》（“Captain James Hind”）中，他说：“大约在这时候，查理一世因为他的政治主张而被杀害。海因德上尉便对所有手上沾有国王鲜血的反对派成员产生了一种切骨之恨，并尽可能利用一切机会去报复他们。”（134）并且还夸赞他“对穷人很慷慨”（140）、对女性彬彬有礼，较少使用暴力“尽量避免流血”（141）。在《威廉·奈维森传》（“William Nevison”）中，他也赞美主人公“他在每次作案过程中都对女性很温柔，对穷人也很慷慨，他还是**一位真正的保王派**，从未给予反对派任何形式的支持”（161）。一位名叫摩尔的女偷包贼也因为其保王派立场而得到正面描写：“她决心不再干这些小偷小摸，于是便开始拦路抢劫，而且主要把她的怒火发泄到那些在查理一世在位期间支持造反派的贵族身上。因为尽管她身上有这样那样的毛病，犯下那些错误，但在她身上还是有一个很明显的美德，那便是**效忠于那位不幸的国王**。”（386）几乎每一位有保王派立场的劫匪，都同时具有劫富济贫、扶助弱者、懂礼节、有风度且较少使用暴力等特征。相反那些贪婪残忍、掠夺成性、不分贫富的暴徒，则是他斥责厌恶的对象，这充分显示出作者的道义立场。

不过，约翰逊船长的人本主义立场与前文论述的他的人性论之间也存在矛盾之处。一方面，他把犯罪动因归结为人性天生的内在缺陷，但同时也通过人本主义的视角，看到了人在面临巨大环境压力时进行挣扎反抗的合理性。比如他在《托马斯·当恩传》（“Thomas Dun”）中说：

“如果一个人不是因为被生活所迫或者不是为了追求享受才铤而走险，而只是出于内在天性而去抢劫和伤害他人，那么这样的人通常都毫无人性。”（36）换句话说，如果一个人是被生活所迫而不得不去做一些违法的事情，也就是可以理解的。他在《杰克·韦瑟斯传》（“Jack Withers”）中还暗示了引发犯罪的社会因素：“贫穷和失业导致很多年轻人陷入窘境，并给生活带来毁灭性的影响，造成很多不幸。”（342）对于18世纪的作者来说，能有这样的见识十分难得，已经具有了一定的社会批判意识。在《杰克·谢泼德传》中，他甚至明确提出了一定的社会改革主张：“师傅们必须时刻注意自己对待他们的学徒或仆人的方式，因为虐待很可能就是把谢泼德毁掉的原因，而且后来也给社会造成巨大损害。”（364）整部《劫匪记述》中，有好几个人都是因为在当学徒的时候受不了师傅的虐待而逃走，最终沦为劫匪。虽然大部分时候是把问题归到懒惰的学徒身上，但也看到了师傅的过错。

除此以外，人本主义立场也让约翰逊船长对女性的看法有矛盾。总的来讲，他对女性是有偏见的。比如前文提到的，他把很多男性罪犯堕落的原因都归结为身边坏女人的影响，似乎大部分女性放荡成性、贪图享受，为了满足自己的欲望而唆使怂恿男人们铤而走险。但有时候作者也会表达出一定的进步立场，甚至是维护女权主义的意识。比如在《玛丽·里德传》（“Mary Read”）中，他如此描述这位女主人公：

> 玛丽·瑞德体格强壮，浑身使不完的劲，颇能吃苦耐劳。她生性比较自负，敢于冒险，不过也有一些细腻的情感和柔软的心肠。她为人处世比较正直，讲原则，而且宁折不弯。尽管由于一不小心，她被带入了那种见不得人的生活方式，玷污了她的人格，也让她在这部罪犯传记作品中有了一个位置，但她无论是在思想上还是行动上，都比较正直。与那些受诱惑而偏离了女性美德的人相比，她远比她们高尚得多。（220）

在这段文字中，作者使用了很多褒义词汇，比如“吃苦耐劳”“敢于冒险”“正直”“细腻的情感”“柔软的心肠”“高尚”等，可以看到很明显的正面描写。在《托马斯·拉姆鲍德传》（“Thomas Rumbold”）中，他还穿插叙述了一位剽悍的女劫匪的故事。拉姆鲍德与她在半道狭路相逢，两人不打不相识，成为好朋友，并从她口中了解到她的身世。“我父亲是一名铸剑师。在我小时候，我母亲本想教我学一些针线活，但我内心却总想舞刀弄剑学点武艺。我从来受不了在厨房里做些洗洗涮涮的活，而是更经常待在我父亲的铺子里，最喜欢耍弄他打造出来的那些兵器。手拿一把既锋利又漂亮的宝剑，比划几下，这是我最重要的乐事。”（122~123）这完全是一位现代版的女汉子，她拒绝男权社会给她安排的那些角色，而是像男人一样做自己喜欢的事情。她后来出嫁后因为夫妻不睦，还经常深夜女扮男装用各种办法教训自己的丈夫，读来让人感觉十分有趣。对仍处于 18 世纪上半叶的作者来说，能有这样的女权主义意识非常不容易。这正是作者人本主义思想所起到的影响。

## 结　束　语

约翰逊船长与之前的史密斯船长相比，无论是在叙述手法还是语言技巧上都有不小的提升。虽然《劫匪记述》在很大程度上是在《罪犯传记全集》的基础上修改完成的，但总体来看要比后者更加具有文学性。事实与虚构的恰当融合、幽默与哥特要素的适度采用，这些大大增加了这部罪犯传记的文学趣味，并基本实现了作者“寓教于乐”的创作目的。当然，我们不能用严肃文学的标准来衡量这种通俗文学。虽然与同时代的笛福、菲尔丁和理查森等伟大现实主义作家的作品相比，这些罪犯传记的文学成就还不高，但也不能否认它们在小说发展历程中发挥的积极作用。作为 18 世纪最流行的通俗文学体裁，罪犯传记主要是从 17 世纪的流浪汉文学衍生而来。随着封建制度的崩塌和资本主义的兴起，不同阶级之间不再像以往那样有相互严格遵守的责任义务。罪犯传记都是以普通百姓为中心，讲述一个个生活在社会边缘或底层的人在新的资本主义社会制度下挣扎生存的故事。这对于我们了解那个时代的真实面貌，也提供了一个很好的窗口。

# 第四章
# 丹尼尔·笛福罪犯传记书写中的叙述技巧
## ——以《关于谢泼德》和《魏尔德传》为例

## 引　言

1720年前后，已进入晚年的丹尼尔·笛福无论在事业上还是生活上都可谓渐入佳境。一方面，凭借《鲁滨逊漂流记》所取得的巨大成功，笛福不仅在经济上有了丰厚收入，彻底还清了早年欠下来的大量债务，同时又积攒了良好的人气和口碑，开始有出版商主动找他约稿，并以预付定金的方式争抢他的作品发售权。另一方面，他的家庭生活此时也非常幸福稳定。儿女皆已成人，两个儿子都在伦敦有了体面的工作，三个漂亮的女儿待嫁闺阁。从年龄、事业还是家庭等各方面来说，笛福都没有理由再像从前那样做一个社会反叛者，自然也对那些党派政治和时事新闻报道之类的写作失去兴趣，而是把目光投向那些值得他用文学家的眼光去探讨的永恒话题，特别是个人如何被欲望驱使、冲破社会道德力量的约束而走向成功或毁灭的故事。他在这一段时间内完成的大多数作品是以此为主题，比如《摩尔·弗兰德斯》（*Moll Flanders*，1722）、《杰克上校》（*Colonel Jack*，1722）和《罗克珊娜》（*Roxana*，1724）等。

理查德·霍姆斯（Richard Holmes）在他于2004年编辑出版的《笛福笔下的谢泼德与魏尔德》（*Defoe on Sheppard and Wild*）一书中总计收录了三篇据认为都是出自笛福之手的罪犯传记，分别是《约翰·

谢泼德引人瞩目的一生》（*The History of the Remarkable Life of John Sheppard*，以下简称《谢泼德传》），《关于谢泼德一生中的抢劫和越狱逃跑等行为的记述》（*A Narrative of All the Robberies, Escapes & c. of John Sheppard*，下文简称《关于谢泼德》）以及《关于江奈生·魏尔德生平所为的真实记载》（*The True and Genuine Account of the Life and Actions of the Late Jonathan Wild*，下文简称《魏尔德传》）①。由于当时并没有严格的著作权观念，这三部作品又都是匿名发表，所以在很长时间内也无法认定谁是真正作者。不过经过众多文献版本研究者的深入考证，现在人们已经基本可以确定笛福是《关于谢泼德》和《魏尔德传》的真实作者，而《谢泼德传》更像是出自多人之手，笛福至多只是参与了部分写作，对一些情节之间的转承衔接进行了加工润色，不能完全算是他的作品。我们在本文也基本认同这一看法，即主要是把后两部传记视为笛福所作，而把《谢泼德传》与它们进行对比参照，以便更好地发现三者在叙事技巧方面的差异。

如果说笛福在《摩尔·弗兰德斯》中使用的叙事技巧比较粗糙，导致小说中出现了很多被伊恩·瓦特严厉批评的叙事漏洞的话②，那么

---

① 约翰·谢泼德（John Sheppard，约1702—1724）曾是一名木匠学徒，因为受坏女人引诱而打伤师傅逃出家门，后来成为一名非常狡猾的窃贼，但最终被捕后处以绞刑。他因为多次不可思议的成功越狱而成为英国家喻户晓的传奇人物。江奈生·魏尔德（Johnathan Wild，1682—1725）是英国历史上最臭名昭著的双面人物之一。他为人奸诈，诡计多端，既是闻名全国的捕盗高手，同时又是犯罪团伙头目，串通政府和罪犯，构建起一个庞大的犯罪集团，为自己服务。他曾因抓获谢泼德而闻名全国。

② 伊恩·瓦特（Ian Watt）在其名著《小说的兴起》中专门用一章分析《摩尔》，指出了很多缺陷，比如“（情节）不连贯、不完整”“蔑视文学的条理性”“形式上单调无力”“杂乱无章的标点”“低级的、未经考虑的文体”等，认为这部作品不过是“一个按照年代顺序排列了全部事件的松散联合体”，并把所有这些缺陷归根于笛福的草率创作态度，“速度很快地零零碎碎拼凑成之，并且后来也未加修改……其目标也不过是更高的产量和利润”。在瓦特眼中，笛福的创作技巧实在一般，“既缺乏许多二三流作家尚能注意到的细节内容上的一致性，也缺乏只有在最伟大的文学作品中才能发现的更完整的连贯性”。参见伊恩·瓦特著，高原、董红钧译：《小说的兴起：笛福、理查逊、菲尔丁研究》，三联书店1992年版，第115~130页。

在这两部一向并不被视为笛福代表作的传记作品中，我们却发现笛福在叙事技巧方面有了较大改进。他不再是简单地叙述罗列人物的犯罪经历，同时添加不协调的道德说教，而是通过叙述技巧的变换运用，巧妙表达叙述人的道德立场，同时还引导读者的情感方向，对罪犯所涉及的道德问题进行思考，释放更大的语义空间，并为一种更成熟的传记文学的出现创造条件。

## 一、《谢泼德传》中的全知叙述

从叙事的结构、角度和语气等方面来说，《谢泼德传》是一篇较为典型的罪犯传记。它的内容结构主要有三部分。第一部分标题为《致伦敦和西斯敏斯特市的市民》，它的作用就如同一篇序言一样，以居高临下的语气、站在某个预设的道德权威立场上，向读者概述传记的主要内容，并定下基础性的道德论调。中间部分是传记主体，基本上是按照时间顺序讲述罪犯主角从出生以来一步一步走向堕落所犯下的罪行。最后一部分是附录，通常状况下是罪犯在狱中临刑前所留下的忏悔录或绝笔信，以便增强整部罪犯传记的真实感。然而较为特殊的是，这又算不上一部典型的、完整的罪犯传记，因为在这部传记出版时，谢泼德已经成功越狱出逃逍遥法外，它只能算是对谢泼德越狱前的所作所为的记述，同时附录也不是通常所见的狱中绝笔，而是此刻正潜逃在外的谢泼德写给朋友的书信，以颇为得意的语气向朋友炫耀自己如何运用技巧从戒备森严的狱中逃脱。

除了在第三部分所插入的谢泼德亲笔信以外，作者通篇基本采用全知叙述视角，“语气上带有不容置疑的客观性和权威性”①。叙述人开篇就向读者摆出一条“定理”：“先生们，经验早已经向你们证明了一

① 申丹、王丽亚：《西方叙事学：经典与后经典》，北京大学出版社 2010 年版，第 60 页。

条金科玉律，即我们要想保护那些无罪之人，就必须惩罚那些有罪之人。”① “先生们”这个称呼既是对读者的某种预期定位——男性、成年人、有产者、体面的中产阶级——也是对读者的某种恭维，因为并非所有人都配得上这个称谓。叙述人使用这个称谓试图建立他与预期读者之间的同盟，他们显然都属于无罪之人，有共同的生活经验和知识立场，与那些有罪之人有明确界限，“只有惩罚他们才能保护我们”，这也体现了非此即彼的二元对立思维。

叙述人紧接着又说：“在你们所居住的这种人口众多的城市中，犯罪始终，也必然是一个无法避免的频繁发生的问题，同时它也是由于人的贪婪或最卑劣之徒的堕落所导致的必然结果。”（3）犯罪问题在当时拥挤的城市中的确是一个严重问题，威胁着每一个城市居民的生命和财产安全，但叙述人把犯罪的根源归咎于个人的道德问题，进而提醒人们警惕两大罪恶之源：一是每个人内心都有的欲望；二是卑劣之徒的堕落。它们是社会必须预防的共同敌人。在叙述人看来，社会政治环境对犯罪问题的发生是没有什么责任的，在立法和社会管理方面都已经尽力，“提供了抵抗罪恶的必要且有益的法律”，在司法和社会管理方面出现的漏洞和缺陷也都迅速得到“恰当的弥补”（3）。即便如此，还是不能阻止像谢泼德这样的不法之徒作奸犯科，“这个罪犯公然蔑视你们的法律和正义，还宣称没有哪座监狱能够阻止他随意出入，并且也用行动证明了这一点，他再一次逃出生天”（4）。叙述人很明显一直站在一个高高在上的权威位置上，刻意强调谢泼德与“你们”之间的敌对，从而疏远读者与谢泼德的心理距离，引起读者对他的敌视。

进入传记主体部分以后，叙述人这总居高临下的语气有增无减，他上来便说：“这个谢泼德，虽然年纪轻轻，阅历尚浅，却是个作恶的老手……”（5）叙述人还没有给读者介绍任何与谢泼德的所作所为有关

① Daniel Defoe. *Defoe on Sheppard and Wild*. Richard Holmes ed. London: Harper Perennial, 2004: 3.

的信息，却已经给他贴上了“罪孽深重”的标签，再加上一个非常有指向性的代词“这个”，这会对读者的情感认知产生很大影响。读者会倾向于认同叙述人的视角，在他们尚未真正了解谢泼德的所作所为之前，就已经把他认定为坏人。这种给人物直接贴标签的做法在整篇故事中都十分普遍。叙述人几乎从不通过具体的事例来客观、间接地塑造人物形象。比如当叙述人说到首次诱惑谢泼德走向堕落的姘妇贝丝时，便忿忿地称其为“过着无耻邪恶的一生”（6）。至于贝丝是怎样学坏的，是像摩尔·弗兰德斯一样为生活所迫还是由于其他原因？读者不得而知。反正读者只知道她就是一个不可救药的坏女人。接下来，叙述人在讲述谢泼德殴打他的雇主伍德夫妇时，又以充满同情的语气说伍德先生是一个“性格温和、诚实持重的人，对他也很宽纵”（6）。虽然没有摆出任何具体事例，读者却被告知谢泼德从伍德夫妇那里得到的是“良好、仔细的照顾”（8）。然而谢泼德却“仅仅因为一次微不足道的小矛盾，把主人打倒在地，并以最野蛮、无耻的手段把他打得遍体鳞伤”（6）。至于究竟是什么原因引发了他和主人之间的冲突，读者无从知晓。或许是一次严重的侮辱或虐待，抑或是其他让谢泼德无法忍受的事情，但叙述人却仅用“一次微不足道的小矛盾”一笔带过，把这次暴力冲突的原因给忽略掉了。或许真实的情况就像狄更斯在《雾都孤儿》中所描写的小奥利弗在棺材铺的遭遇一样，他因为不堪忍受克雷波尔的羞辱而奋起反抗，却被教区执事邦布尔添油加醋地夸大为“出尔反尔、恩将仇报、心肠歹毒，此外没有任何好的品质……对一位无辜少年进行残暴而怯懦的攻击……”①

在绝大多数时间内，《谢泼德传》是采用全知叙述，人物话语的表达形式也基本以间接引语为主。正如申丹教授所说：“间接引语的第三人称加上过去时产生了一种疏远的效果，扩大了反面人物与读者的距

① 狄更斯著，何文安译：《雾都孤儿》，译林出版社 2010 年版，第 114 页。

离，而基本无中介、生动有力的直接引语则使读者更为同情支持反面证人"①。谢泼德几乎完全被剥夺了话语权，他很少有机会叙述自己的动机，也就很难获得读者的认同。只有当叙述人需要增加故事的生动性、让故事显得更加逼真时，他才偶尔以直接引语的方式允许谢泼德的声音出现。例如当谢泼德第二次越狱失败被抓回以后，叙述人直接引用了谢泼德对一名探视者所说的话："是的，先生，我就是谢泼德，全城所有狱卒都像是畜群似的总跟在我身后，我没有办法跑到郊区去。"（27）但这样的引语出现的次数非常少，也基本无助于他对自己的行为进行辩解。

前文说过，《谢泼德传》的末尾附录了谢泼德写给朋友的信。这一部分叙述可以算是传统的书信体。谢泼德成了叙述人，被赋予了充分的表达自由。此时的谢泼德已经再次越狱成功逃出生天，可以说他的叙述空间是一个自由的场所，但他由于担心自己泄露藏身之所，只是用非常隐晦的语言详细向朋友介绍，甚至是炫耀自己成功越狱的过程，同样不会改变读者早已被叙述人定好的道德立场。有趣的是，叙述人在文中很少介绍谢泼德的犯罪动机，却用了大量篇幅描写谢泼德被传奇化的越狱技巧，甚至夸赞他"拥有前所未闻的勤奋和技巧"，他的越狱是"既需要技巧也需要汗水的工作"（10），甚至使用了"奇妙至极"、"非同凡响"（11）这样的溢美之词，这是不是说叙述人在这里改变了自己的道德判断立场呢？当然不是的，这是因为，在这部传记完成的时刻，谢泼德已经越狱出逃，夸大他的越狱技巧既可以增强故事的趣味性，同时又可以为政府或监狱的管理开脱。

## 二、《关于谢泼德》中的第一人称叙述

《关于谢泼德》现在已经基本确定出自笛福之手。与《谢泼德传》

---

① 申丹、王丽亚：《西方叙事学：经典与后经典》，北京大学出版社 2010 年版，第 158 页。

不同，《关于谢泼德》采用了第一人称叙事手法。如果说谢泼德在此前的传记中被剥夺了话语权、无法为自我辩解的话，那么在这一部传记中，他拥有了完全的话语主动权，可以自由讲述自己的故事。但具有讽刺意味的是，在《谢泼德传》中，谢泼德没有叙述自由却有人身自由，但在这部《关于谢泼德》中，他虽然拥有了叙述自由，却又失去了人身自由。他最后一次越狱后没过几天便很快被再次抓回监狱，并再也没有能逃出去，直至最终被处以绞刑。因此，《关于谢泼德》也可以被视为谢泼德的临终绝笔，包括他对此前流传的各种对他的不实报道的纠正，以及对自己罪行的忏悔等。据说《关于谢泼德》的出版商约翰·阿普比（John Applebee）是在给谢泼德及其家人很多特殊照顾并且支付了额外报酬之后才取得他的信任，获得独家代理出版这份临终真实自述的权利。所以在《关于谢泼德》的封面上才会出现这样的表述："准确叙述了他从新门监狱巧妙逃脱的方式，以及他随后为了自我安全而采取的措施；由他本人再次被抓回并囚禁在中间石牢时亲自所写。"（47）这当然只是出版商为了强调《关于谢泼德》内容的真实性而使用的噱头，它并非完全是谢泼德所写的，而极有可能是笛福在他提供的初稿基础上修改加工而成。

在《谢泼德传》中，叙述人每次提及谢泼德时都以"他"或者"这个（人）"等代词指示，而在《关于谢泼德》中，谢泼德得以自由地以第一人称"我"称呼自己，这就使得读者容易从谢泼德的角度看待问题，从而拉近了读者与他之间的距离。谢泼德首先解释了自己之所以亲自站出来讲述自己的故事的原因："由于我不幸的一生所为给世人增添了许多有趣的话题；各种与之相关的小册子、报纸和图画都传到了国外，其中大部分甚至可以说全部都是对我的错误叙述；因此，我自己有必要站出来说些什么，让某些真相大白于天下。每一位当事人，无论他是多么不幸抑或卑微，都有权利出版与他的案件相关的全部详情。另外让我感到十分欣慰的是，在我离开这个世界之前，我已经彻底洗净了我的灵魂，并在我力所能及的范围内，向那些曾被自己伤害过的人进行了精神补偿。”（49）从这段话可以看出，谢泼德的主要意图有两个：一是纠正有关自己的不实传言；二是借机为自己的行为进行忏悔。

在《谢泼德传》中，叙述人把谢泼德描述为不可救药的坏蛋，但在《关于谢泼德》中，谢泼德则不失时机地为自己的行为做辩护。他先是抱怨自己在跟随伍德夫妇做学徒时，主人对他太宽纵，导致他越来越放纵自我。倘若主人对他严厉管教，他也不至于走上邪路。随后他又抱怨徽章模具匠人约瑟夫·哈恩德，因为正是在后者家里，他才认识了导致自己彻底堕落的坏女人伊丽莎白·莉恩。通过谢泼德的叙述，我们可以看到，虽然他总认为是被人带坏自己，有推卸责任之嫌疑，但也让读者得以换一个不同于《谢泼德传》的角度看待问题。

由于谢泼德多次从戒备森严的监狱中轻松逃脱，所以有很多有关他的越狱技巧的夸张描述，谢泼德刻意对这些传奇化的描述进行了纠正，指出他的逃脱过程不像有关报道所描述的那样奇妙，他详细讲述了自己如何利用从身边搜集的简单工具，如铁钉、锉刀、刮胡刀等，经过巨大的耐心和不懈努力，一步一步逃出生天的过程：

> 就我目前还能回忆起来的经历，当天下午不到3点我就开始动手，首先卸掉了我的手铐，然后用尽力气拧开我两腿之间的脚镣的一个环节，这一节被拆开的脚镣环在我的越狱计划中发挥了极其重要的作用。我把脚镣向上提到小腿部位，用事先脱下来的袜子做系带，把它们绑紧在腿上，免得它们妨碍我行动。然后我在监狱烟囱中开了一条宽约3英尺的通道，距离地面有6英尺高，再用我刚才提到的那一小节锁链从烟囱口的铁栅栏上拧下来一小节长约2英尺半、直径1英寸的小铁棍，制造出一个非常有用的工具。然后我立刻进入监狱上方的红房子，以前这里曾长期囚禁过一些反叛者。正像一位狱卒所说的，这扇门得有7年未曾打开过，但我可不想花7年时间才能打开它。我开始在锁芯上做手脚，没花多少工夫就打开了它，然后门就在我面前打开了。我在这个房间内找到一个铁钉，

这在我后续行动中发挥了很大用途。(61)

这与在《谢泼德传》中对他那些神奇技艺的虚构形成鲜明对比。实际上，他之所以能够逃脱监狱，完全是因为监狱方面的麻痹大意和疏漏。这就戳穿了官方为了撇清责任而虚构出来的那些谎言。此外由于这一段逃脱过程的描写完全是以谢泼德的视角叙述的，读者更能获得一种真实感，犹如亲身体验整个越狱过程，无疑大大增加了阅读快感，远比《谢泼德传》中仅仅使用一些抽象的词汇叙述谢泼德的逃脱过程更能打动读者。

谢泼德还讲述了自己刚刚逃离监狱后的心理感受，"我的双腿肿胀淤青，疼痛无法忍受，让我极不舒服。由于脚镣还在我身上没去掉，我不敢在大白天行动，害怕被发现。我翻了一下自己的褂兜，发现身上只有 40 到 50 个先令。我在这个世界上没有一个朋友可以投奔，也没有一个可以信任的人。星期五早晨大约 7 点的时候，天开始下雨，下了一整天也未停，外面四下看不到一个有生命的活物。"（64）读者在这里完全通过谢泼德的眼光看待他所处的环境，能更直接、深切地体会到他内心的恐惧，以及刚刚逃出监狱后，一个人亡命天涯的那种孤独和凄惶，因此比较容易对他产生同情心。

如前所述，在故事叙述时间和叙述空间上，《关于谢泼德》和《谢泼德传》有很大不同。此时的谢泼德被禁闭在死囚牢里，身陷囹圄，确切地知道自己没有再次逃离的机会，自己剩下的时间已经不多，很快就要被处决。此时的他再也没有了《谢泼德传》中所描述的那种不屑和猖狂，而是表达了对自己的罪行的真诚忏悔。"我恳求无上神圣的造物主宽恕我犯下的数不清的罪孽，可怜我这个即将离去的灵魂。"（68）如果说《谢泼德传》把谢泼德描述为一个生性堕落、无法无天、对社会构成极大威胁的在逃犯的话，《关于谢泼德》中的谢泼德却表现为一个最终认罪伏法、向传统司法和宗教道德权威低头认罪者的形象。

## 三、《魏尔德传》中的多种叙述视角

《魏尔德传》也主要是由三个部分组成，分别是序言、导论和传记故事正文。就像他在《摩尔·弗兰德斯》序言中曾经说过的一样，笛福在序言和导论部分的主要意图是表明自己的写作目的，即还原事实真相。① 他认为，此前他人发表过的所有关于魏尔德的故事都“荒诞可笑”、“娱乐性超过真实性”、“明显都是被那些草率的作家杜撰出来的，就为了赚几个小钱，毫不顾及事实真相，在良心上丝毫不会因为欺骗世界而感到不安”（71），“没有一个已经发表过的与之相关的故事可以被看作事实，没有一个不是被糅进太多错误和虚构以至于掩盖了其中仅有的一丁点真相”（71~72）。所以笛福才要重新书写这部魏尔德传记，“以符合事实的手法”（72）澄清以前的错误虚构。同时更重要的一点是，笛福也有他的目标群读者，即“那些知道如何辨别善恶的人”（72）。言下之意，道德考量是他写作这部传记的重要意图。笛福同时也承认，尽管他志在完成一部“既真实又完整的人物生平传记”（73），但他也知道自己不可能把魏尔德所有经历的事情都写下来，“我们不得不把他人生中最重要的片段进行裁剪压缩，尽可能限定在我们能够控制的范围之内”（74）。

与《谢泼德传》的全知叙述和《关于谢泼德》中的第一人称叙述不同，笛福在《魏尔德传》中分别采用了多种叙述视角。在大部分时间内，第一人称叙述是最主要的叙述方式，笛福在故事中多次直接以“我”的人称出现，这个“我”既处于故事之中，对故事讲述的很多真实情节都是亲历人或旁观者，同时他又处于故事之外，会像《谢泼德传》中的叙述人一样拥有对人物和事件进行评价的“权威”，以站在故

① 有关笛福在《摩尔·弗兰德斯》前言部分所作的写作说明，可参见陈后亮：《〈摩尔·弗兰德斯〉与早期犯罪叙述合法性问题》，《解放军外国语学院学报》2018年第4期，第137~143页。

事之外的居高临下的道德姿态对魏尔德的所作所为进行“客观”评述和道德评价，很少给予魏尔德以自我辩护的机会。例如作者在开篇就给魏尔德贴上一个标签，称其为“这部传记的邪恶主角”（77）。对读者来说，在道德立场上很容易向这种叙述语气靠近。

然而如果笛福总是以这种视角叙述魏尔德的生平，虽然貌似权威，却总给人一种太过主观的印象，这与他在序言部分所宣称的要更贴近事实的写作目的不一致。因此为了增加叙述的真实性，在对魏尔德的惯用犯罪手法作了较为详细却又抽象的介绍之后，笛福又从第一人称的旁观视角切换入第一人称体验视角，叙述了“我”与魏尔德打过的一次交道，用笛福的话来说，这算是“对魏尔德的实践行为的速写……以便让世人看清那些秘密勾当是如何操作的”（105）。这与他在《摩尔·弗兰德斯》中所做的一样。例如下面这段体验视角：

> 我记得又一次，就像前面所说的情况一样，我手里拿着一顶帽子，站在那里等江奈生先生，就听到他问我这帽子是啥时候丢的。一开始他笑了一下，然后把目光转向一个人，我猜那是他的一个线人。“这是谁干的？”他问道。“我怎么知道？我们所有人都去斯托布里奇集市了。”那人回答，又停顿了几下，然后接着说：“我记得好像昨天看到林克斯在那条街上。”“你真看见了？”他问，“那就是那个泼赖了，我敢打包票。那么，先生”，他说，“我相信我们能找出你手下那个人。要是周一你能再来见我的话，你应该打听到更多有关消息”。这都是周五的事情。等周一到了的那天，他们告诉我真的找不到那个泼赖，他们相信那天他真的和别人一起去了那个集市，那是9月初的事情。（101）

这段话里面的人物对话全都采用了这种生动有力的直接引语，引号的使用犹如给文本添加了音响效果，读者好像亲临现场，故事的逼真性得到极大增强。

在随文出现的几页篇幅的叙述中，笛福又切换使用了全知叙述，讲述了魏尔德与另一位女士之间围绕她失窃的一只金表所达成的交易的过程。实际上，当魏尔德假惺惺地与这位女士讨价还价的时候，笛福是不可能站在现场旁观的，也不可能完完整整地记录下他们两个人之间的对话，以及发生在台前幕后的各种事情。整个事件的经过必然大多数出自笛福的虚构。这种虚构很明显不符合罪犯传记普遍宣称的（至少在表面上）真实性原则。但在笛福看来，这非但无损于传记的真实性，反倒更加有利。虽然这一具体事件有可能是虚构的，但它却是非常有代表性的典型案例。通过这个案例，读者就能知晓类似的整个过程。“要是把他在连续16年的罪恶人生中所干的许许多多类似的花招和伎俩都讲出来就会没完没了。……但这样就会是一部很长的历史，而非一本小册子能够容纳下来的。因此，我把它们都删掉了。”

# 结 束 语

通过比较分析，我们可以看出《谢泼德传》过分侧重罪犯传记的道德功用，完全从全知叙述视角讲述罪犯人生，语气教条，故事乏味失真。而《关于谢泼德》允许罪犯主角以自述方式讲述自己的故事，叙述语气中更多了一份真诚，拉近了读者与罪犯视角的情感距离，却又让罪犯传记的道德教化功能有所减弱。《魏尔德传》则更好地避免了这两种缺陷，在叙述视角上交替运用多种角度，既有旁观者第三人称视角，又有第一人称体验视角，读者得以多角度了解故事真相。同时作者笛福虽然没有使用过于教条的语气，却有严肃的道德考量，正如他所说：“回顾一个如此劣迹斑斑、令人厌恶的人的一生真是一件严肃而可怕的事情。他既不敬畏上帝，也不惧怕魔鬼，四平八稳地干了这么多年坏事却能逍遥法外未受惩办。或许在他邪恶的一生所作所为中，有些有趣的事情可以被写得很荒诞离奇，但是看到一个人变成魔鬼的化身，犯了那么多罪行，他所处的社会也像一个地狱吞噬人的灵魂与肉体——如果有哪位读者读到这样的故事却又丝毫没有恐惧之感，那他身上一定几乎没有丝毫我们所说的基督教精神。”（110）正如有学者所指出的，笛福书写英国历史上这两位家喻户晓的罪犯的生平传记，绝不只是为了获得出版利益，而是有严肃的道德考量，他要借此“表达他个人的社会经济主张”①。尽管与他的小说作品相比，这几篇人物传记缺少艺术技巧和深度，但他意在把谢泼德和魏尔德两个人走向堕落的人生历程描写为受自利心驱逐的结果，抛却了道德和宗教约束。“他把两个人物刻画为自私自利的化身，同时由于他的意图是从重商主义经济学的角度看待个人及其环境，这两人代表着走上歪路的重商主义。”②

① Paul J. deGateno. “Daniel Defoe's Newgate Biographies：An Economic Crisis”. *CLIO*，1984（2）：157.

② Paul J. deGateno，“Daniel Defoe's Newgate Biographies：An Economic Crisis”：157.

# 第五章
# 《摩尔·弗兰德斯》与早期犯罪叙述的正当性问题

## 引　言

在英国早期犯罪小说发展史上，18 世纪 20 年代被视为“一个关键时期”①，因为在此期间汇聚了众多历史和社会因素，它们共同促成了一种特定时代氛围，形成了有利于犯罪小说发生和成长的土壤。其中最显著的一个因素就是急剧上升的犯罪率，特别是在伦敦这样的大城市。“光荣革命”之后，英国议会与王权暂时达成妥协，新建立的汉诺威王朝急需确立新的稳定秩序。猖獗的犯罪活动不但威胁着民众安全，而且被视为对社会秩序和权威的挑战，因此需要严加惩处。1724 年，英国议会通过了著名的《取缔流浪者条例》（*Black Act*），把无业和流浪人员视为罪犯对待，并把死刑适用范围扩大至 350 余种罪名，以加大震慑犯罪力度。正如笛福在《摩尔·弗兰德斯》②（简称《摩尔》）中所描写的，像摩尔的母亲那样仅仅因为盗窃三小块布料就被判死刑的情况很

---

① Andrew Pepper. “Early Crime Writing and the State: Jonathan Wild, Daniel Defoe and Bernard Mandeville in 1720s London”. *Textual Practice*, 2011 (3): 473.

② 本章所有小说中的引文皆出自笛福著，梁遇春译：《摩尔·弗兰德斯》，吉林出版社 2011 年版。所有引文将直接随文标明出处，不再另外做注。个别译文稍有调整。

常见。

另外在对待犯罪处罚问题上，英国人还与欧洲大陆有一个显著不同。德法等欧陆国家在刑场上往往通过对犯人的肉体毁灭或人格凌辱来警戒他人，而英国则更喜欢在处决犯人前让他们做深刻的公开忏悔。也就是说，英国人不单从刑罚上来惩戒犯罪，而是更注重把犯罪当成一个"问题"来对待，试图把每一名罪犯当成一个标本，借助于牧师的开导、犯人的自述以及作家的转述整理等，进行类似临床病理学诊断的犯罪分析，从而找出辅助社会治理的手段。正是由于这些原因，18 世纪 20 年代便成为"一个既深受犯罪困扰，又对它很着迷的时代"①。形形色色的"罪犯传记"（criminal biography）或"犯罪叙述"（criminal account）正是在这样的社会条件下出现并繁荣起来的。

所谓人之将死其言也善。犯人在牧师的感召下，往往认识到自己所犯下的罪恶，愿意接受基督耶稣伟大的精神救赎，把自己作为反面例子，用自己的死换来他人的虔心向善。罪犯传记不但要追溯坏人一生堕落的轨迹，而且要详细表述他的忏悔之心，后者才是写作重点。早在笛福之前，理查德·海德（Richard Head）、弗朗西斯·科尔曼（Francis Kirman）和艾尔卡纳·赛特尔（Elkanah Settle）等人都曾写过大量长篇罪犯传记。虽然他们也免不了对犯罪故事添加虚构和想象，但表现犯罪者的悔罪意识始终是主要目的。因此从社会功能上来说，罪犯传记实际上是对刑场处决的延续或补充，它让那些没能亲眼见证行刑场面的读者在阅读中聆听罪犯的忏悔。人们有理由相信，罪犯用生命为代价换来的某些教训都是"劝世箴言"。从某种意义上来说，罪犯从秩序的破坏者转变成了真理演说者。正如法奥勒（L. Faller）所说："犯罪行为不仅有'意义'，而且还能制造出最好的、最有社会道德功用的意义。"②

① Lincoln Faller. *Crime and Defoe*: *A New Kind of Writing*. Cambridge: Cambridge University Press, 1993: xi.

② Lincoln Faller. *Crime and Defoe*: *A New Kind of Writing*: 16.

处在这样的社会背景下，笛福选择犯罪活动作为自己创作的主要题材之一也就不难理解了。更何况他本人在相当长一段时间内就是一名犯人，曾因反对国教而被四次逮捕、三次带枷示众，并入狱服刑半年。不过当他开始写作《摩尔》的时候，他所面对的已然是一个相对固定的犯罪书写惯例。读者也形成了相对稳定的阅读期待，对小说中将要出现的套路有预期。笛福不得不与这种期待视野保持一定的张力，既需要保持一定的“独特卖点”，又不能过于破坏惯例，让读者难以接受。在此必须指出的是，由于我们已经普遍接受了笛福作为“英国小说之父”和经典作家的地位，便会想当然地认为，他在创作这部小说时必然有着严肃的目的和严谨的构思。而实际情况是，小说在当时还是一种很不成熟的文学体裁，人们并不认为它就要比那些街头随处可见的宣传册、歌谣、杂志等更优雅高尚，更不用提描写犯罪题材的小说了。同时我们还不要忘记的是，笛福的另一个重要身份是失败的投机商人。自 1692 年因经商破产欠下巨债后，想尽各种方法谋生是困扰他大半生的难题。在大部分时间内，写作对他来说更像是一个生财之道，他考虑最多的很有可能并非艺术上的完善，而是作品的销售利润。这从他五花八门的创作题材上便可看出端倪。除了像《鲁宾逊漂流记》和《摩尔》这样广为人知的小说之外，他还写过大量的新闻报道、人物传记、商业冒险、婚姻指导、旅游指南、大瘟疫幸存者自述等，可以说什么能卖得出去，他就写什么。在解读《摩尔》时，我们必须把这些因素考虑在内。

## 一、“真实”而且“有用”：笛福的自我合法化辩护

《摩尔》和《鲁宾逊漂流记》同为笛福最有影响的作品，但与后者相比，前者引发的争议要更大一些。有人对它赞誉有加，比如鲍贝

（Bonamy Pobée）称其为“一部让人惊叹、无可比拟的杰作”①。也有人对它多有贬损，像诺瓦克（M. Novak）那样认为它不过是一部“幼稚地拼凑起来的丑闻轶事”②。美国著名文学批评家伊恩·瓦特（I. Watt）对《摩尔》的批评最具影响力。他在其名著《小说的兴起》中专门用一章分析《摩尔》，指出了很多缺陷，比如“（情节）不连贯、不完整”“蔑视文学的条理性”“形式上单调无力”“杂乱无章的标点”“低级的、未经考虑的文体”等，认为这部作品不过是“一个按照年代顺序排列了全部事件的松散联合体”，并把所有这些缺陷归根于笛福的草率创作态度，“速度很快地零零碎碎拼凑成之，并且后来也未加修改……其目标也不过是更高的产量和利润”③。在瓦特眼中，笛福的创作技巧实在一般，“既缺乏许多二三流作家尚能注意到的细节内容上的一致性，也缺乏只有在最伟大的文学作品中才能发现的更完整的连贯性”④。

确实，如果我们以成熟的形式技巧和深刻的思想内涵等为标准来衡量《摩尔》的话，这部小说很难称得上佳作。但这种评价标准对笛福来说有失公允。在那样一个小说才刚刚兴起的阶段，一切都还只能在摸索中进行，谁也不知道创造伟大的小说需要遵循什么样的法度。更何况在笛福所处的时代，小说面临的还是一个不太友好的舆论氛围，这并不仅仅因为早期的小说在内容上经常涉及犯罪活动以及底层生活，而且因为小说阅读本身就不被视为一种高雅的审美趣味。正如戴维斯（L. Davis）所说，“早期英国小说往往被视为庸俗不堪、违反法律且不

① Quoted in Robert Batey. “*Moll Flanders*: A (Cautionary) Handbook on Criminal Advocacy”. *Charleston Law Review*, 2010 (3): 437.

② Maximillian Novak. “Conscious Irony in *Moll Flanders*: Facts and Problems”. *College English*, 1964 (3): 198.

③ 伊恩·瓦特：《小说的兴起：笛福、理查逊、菲尔丁研究》，第115~130页。

④ 伊恩·瓦特：《小说的兴起：笛福、理查逊、菲尔丁研究》，第142页。

信宗教"①。有教养的读者应该选择诗歌或古典文学，只有那些粗俗的下等人才会喜欢小说这种东西，因为小说更适合他们那种"快速的、漫不经心的、几乎是无意识的阅读习惯"②。在这样的背景下，小说创作和阅读活动似乎从根本上就被认为缺少某种"正当性"，更不用说那些涉及犯罪题材的作品了。这也是为什么笛福在《摩尔》的"前言"部分似乎对自己的写作感到不安的原因。他说："当一个从青年时期便已堕落的人——不，应该说她天生就是堕落与邪恶的孩子——开始讲述自己全部的不耻行为之时，作者必须尽力把它包装得干净一些，免得给那些心怀不轨的读者留下把柄，给自己惹来麻烦。"③ 笛福的话表明，他似乎很清楚自己的创作并非多么高尚的事情，他必须小心翼翼地"包装"才能免遭祸端。于是为自己的创作寻找到某种"正当性"就成为成败的关键。

从笛福在"前言"部分的表述中，我们可以发现他为自己找到的正当性理由主要有两点。第一是"真实"，即宣称自己所讲的乃是真人真事。这也是当时的罪犯传记小说普遍依托的理由。因为正如法奥勒所说："如果不是现实主义，如果不是坚称自己在讲述真实事情，那么没有哪部犯罪传记敢说自己比一般的消费型读物高明多少。"④ 笛福正是

① Lennard J. Davis. "Wicked Actions and Feigned Words: Criminals, Criminality, and the Early English Novel". *Yale French Studies*, 1980 (1): 106.

② 伊恩·瓦特：《小说的兴起：笛福、理查逊、菲尔丁研究》，第 47 页。甚至直到简·奥斯汀（1775—1817）的时代，阅读小说仍然不被视为高雅行为。例如在《傲慢与偏见》中有这样一段情节：柯林斯首次登门拜访贝内特一家。茶余饭后，他受贝内特先生邀请，为贝内特太太及小姐们朗诵。然而，当他看到拿来的那本"显然是从流通图书馆借来的"书，顿时情绪失控，整个人"吓得往后一缩"，并"连忙声明他从来不读小说，只好请大家原谅"，言辞激烈、态度坚决。从柯林斯出人意料的反应中不难读出，他竭力与小说撇清关系，不愿与之发生任何牵连——他对小说这类读物的抵触情绪之深重由此可见一斑。参见简·奥斯汀著，孙致礼译：《傲慢与偏见》，译林出版社 2018 年版，第 81 页。

③ Lincoln Faller. *Crime and Defoe: A New Kind of Writing*: 37.

④ Daniel Defoe. "Author's Preface". https://ebooks.adelaide.edu.au/d/defoe/daniel/d31m/preface.html.

这么做的。他在“前言”部分一开头便宣布要与那些虚构文学划清界限：“近年来社会上充斥着太多的小说和传奇，以至于像这样一部与个人经历相关，而且还隐去了其中很多人名和相关信息的故事很难会被当作真人真事对待。”① 他进而声称自己所写的乃是摩尔本人的口述，是她在讲述自己真实的经历，只不过为了让她的语言变得更干净，他才不得不对之稍加润色整理，以免其粗鄙的言辞玷污了优雅读者的耳朵。18世纪初期的英国文坛对小说还是有不少偏见，小说几乎就是虚构的代名词，人们普遍认为虚构就是欺骗。它和传奇一样，充其量只能作为娱乐消遣。过多阅读这样的东西会让人精神涣散，对现实生活中的困难缺乏忍耐力。只有讲述真实的东西才是对读者的忠诚，这是小说在当时必须承认的前提，也是它有可能具备其他一些价值的基础。当然，对当时的绝大部分小说家来说，“真实”都不过是一种伪装。正如《鲁宾逊漂流记》并非笛福所说的真人真事一样，《摩尔》也不过是他基于此前一些罪犯传闻再度加工的结果。② 换句话说，笛福的“真实”性理由并不成立。

笛福的另一个正当性理由是“有用”。这又包含两方面意思，首先是道德上的功用，宣称小说可以给人带来道德启示，有益于社会教化。

---

① Michael Seidel. “Introduction to *Moll Flanders*”. New York: Barnes & Noble Books, 2005: 13.

② 米歇尔·赛德尔（Michael Seidel）认为，笛福对《摩尔》的创作主要基于两个素材，一是著名罪犯传记作家亚历山大·史密斯（Alexander Smith）船长于1719年发表的《过去一百年间活跃于伦敦西敏寺及整个英国的、最臭名昭著的男女劫匪、窃贼、骗子的生平传奇全集》（*A Complete History of the Lives and Robberies of the Most Notorious Highway-men, Foot-pads, Shop-lifts, and Cheats, of Both Sexes, in and About London and Westminster, and All Parts of Great Britain, for Above an Hundred Years Past, Continu'd to the Present Time*）；二是弗朗西斯·科尔曼（Francis Kirman）发表于1673年的《揭穿贵妇的面纱：有关绰号日耳曼公主的玛丽·卡尔顿的生平所为及死亡的详述》（*The Counterfeit Lady Unveiled: Being a full Account of the Birth, Life, Most Remarkable Actions, and Untimely Death of Mary Carleton, Known by the Name of the German Princess*）。参见 Michael Seidel. “Introduction to *Moll Flanders*”: 12-14.

几乎所有的犯罪文学都要以此作为自己的合法理由，笛福也不例外。他说：

> 在包装加工这个故事的时候，我已尽最大努力，避免表达任何猥亵或下流的东西；不，不能让她说出那些最糟糕的内容。出于这个目的，在她人生中的那些让人不堪入目的淫邪部分都被去掉了，还有很多其他部分也被大幅删减。我只希望剩下的这些内容不会冒犯那些最纯真朴实的听众，希望故事中的道理能让读者保持严肃。虽然有时候故事可以让他放松和消遣，但即便是最糟糕的故事也能发挥最好的功用。……综观整部小说，它严格遵守了一条基本原则，即没有一个坏人坏事最终没有得到应有的恶报，没有哪个从中出现的大奸大恶之人最终没有遭遇不幸或者没有变成忏悔者；没有哪种被提到的恶未曾得到谴责，也没有哪种与其相对应的善没有得到赞扬。……正是出于这个理由，本书才值得向读者推荐，读者从书中的每个部分都能学到东西，获得在正义和宗教方面的启示，如果他愿意加以利用的话，它们都可以发挥一定指导作用。①

其次是在日常生活实践中的指导作用。这是笛福较为独特的一面。恰如赛德尔（M. Seidel）所说：“18 世纪早期的读者希望别人告诉他们如何做事情，而笛福也乐意为他们提供指导。”② 随着工业革命和城市化进程的不断推进，传统生活方式和内容都被急剧改变。很多传统的日常行为规范已经失效，不能适应新的生活情境，特别是对于那些刚刚进入城市生活、被剧变的新事物搞得晕头转向的人来说，他们希望能从别人那里获得一些实际指导。而像笛福这样有着丰富人生经验、精通新的资本主义工作和生活伦理的人也非常适合为别人提供生活经验参照。比如从

① Daniel Defoe. “Author's Preface”. https：//ebooks. adelaide. edu. au/d/defoe/daniel/d31m/preface. html.

② Michael Seidel. “Introduction to *Moll Flanders*”：13.

《摩尔》中人们可以学到如何防范小偷，孕妇如何寻找质价相符的接生服务，移民海外如何生根发财，等等。对于今天的严肃文学读者来说，这些东西似乎没有多少价值。但对当时的读者来说，这些却都是难得的意外收获。不过下文我们要讨论的是，他是否真的严格以这两种功用性作为自己的创作指南？在具体的创作过程中，他是否还有其他更重要的考虑，以至于让他所说的这种在道德和生活方面的功用仅仅成为借口？

## 二、缺乏说服力的道德启示

在1721年版的《摩尔》封面上曾印有如下一段广告词：

> 一个在新门监狱里出生的女人，在其60多年身份多变、漂泊不定的一生中，除童年时期以外，做过12年的妓女，5次嫁为人妇（其中还有一次是嫁给自己的亲弟弟），12年为贼，8年为流放弗吉尼亚的重犯，最终却变得富有，并在诚实的忏悔中度过余生。①

对于一部犯罪小说来说，这段广告词可谓卖点十足。它突出的是人物主角一生中的犯罪经历，其中还有乱伦、卖淫、偷窃和流放这样吸引眼球的字眼，而且人物还能时来运转，“最终变得富有”。尽管笛福在“前言”中声称他要从摩尔的故事中发掘出道德内涵，但至少在这段广告词中，我们可以看出小说的重点是更能吸引眼球的犯罪叙述。

事实的确如此。在这部200多页的小说中，有2/3以上的篇幅都是在讲述摩尔的犯罪经历，其中又有约一半主要涉及摩尔在道德层面上的犯罪，如通奸和乱伦等。另一半则主要与她触及刑法的犯罪有关，如卖

① Kate Loveman. “‘A Life of Continu'd Variety’: Crime, Readers, and the Structure of Defoe's *Moll Flanders*”. *Eighteenth-Century Fiction*, 2013 (1): 2.

淫、重婚、盗窃、诈骗、走私等。而且在讲述这些犯罪经历的时候，笛福使用的是一种饱受诟病的片段式结构，似乎只是简单地把它们按照先后顺序排列起来，中间缺少了有机的串联，也没有舒张有度的过渡，只是用一个接一个紧张刺激的犯罪故事单元来保持读者兴趣。

关于摩尔的犯罪经历，有以下几点值得留意。首先，她的每次犯罪都不是有预谋的，大多为临时起意、见机行事。比如她有一次趁别人家中失火慌作一团的机会，巧妙实施调包计。还有一次机智地从别的窃贼手中骗取赃物，上演黑吃黑的好戏。其次，摩尔在道德上的过错也大多是无意犯下。从最初被大少爷诱奸，到后来被迫嫁给二少爷犯下通奸之罪，再到后来为生计所迫做了别人的姘妇，并一次次抛弃自己的亲生孩子，她更像是一个受害者而非过错方。再次，如果说导致她犯罪的原因主要是别人的诱骗和生活所迫的话，那么使她一次次成功得手的却是她的聪明才智和好运气。除了最后一次失手被抓以外，她在之前的每次犯罪活动都能全身而退。即便是被抓之后，她也幸运地逃过死罪，被改判流放，而且最终还平安终老一生。这些方面导致了斯塔尔（G. Starr）所说的结果："虽然它引导我们厌恶摩尔的罪行，却并不让我们鄙视这个罪犯本人。"① 读者往往对她的不幸感到怜悯，对她的机敏拍案叫绝，甚至对她一次次逃脱惩罚感到庆幸。与当时常见的犯罪传记相比，《摩尔》引发的是读者对犯罪主角的同情，而非高高在上的道德审判。

虽然摩尔的母亲曾是一名罪犯，并且是在监狱中生下的她，但是笛福没有因此认为她天生就有什么犯罪基因，而是强调环境才是她堕落的诱因。作为"在世界上没有一个朋友，没有衣服，得不到一点帮助或者有一个肯来帮助的人"（1），摩尔从小便对孤独和贫穷有着深深的恐惧，并极度缺乏安全感。在这种环境下成长，这让她逐渐训练出一种本能，那就是竭尽所能去摆脱贫穷和孤独，获得安全稳定的生活。而在她

① Robert Batey. "*Moll Flanders*: A (Cautionary) Handbook on Criminal Advocacy". *Charleston Law Review*, 2010 (3): 439.

看来，婚姻和金钱就是让她获得这种生活的必然途径。她拥有上天赐予的最珍贵资本：智慧、美貌和运气。当她很小的时候便知道了自己的某些优势：

> 在有些方面，我要胜过我的小姐，虽然她们是我的上司；那全是属于天赋的才力，不是她们的富贵所能办到的。第一，我的脸庞儿分明比她们长得漂亮；第二，我的身材比她们苗条；第三，我唱得好，那是说我的声调比她们强。(10)

在她年轻的时候，可以凭借自己的美貌一次次俘获男人，赢得划算的婚姻。但当容颜老去，她就只能去做妓女、姘妇，最后沦为窃贼。虽然摩尔经常为自己的罪行辩解，强调穷困和饥饿是“可怕的鬼”（93）、“道德败坏的祸根”（151），但她自己也清楚，真正让她不断堕落的却是虚荣心和贪婪。她原本认为“一个能够自食其力、养活自己、不需要出去服役的人就可以说是一位贵妇人”（6）。以她所拥有的美貌和智慧，摩尔实在不甘心仅仅靠手工劳动养家度日。在虚荣心的驱使下，她要尽可能利用好自己的资本，挑选中意的夫婿，成为真正的贵妇人。能否带来舒适的物质生活是她考虑婚姻的首要条件。虚荣、贪婪以及好逸恶劳的本性诱使她内心的道德天平不断失衡。为了物质上的好处，她可以费尽心机地一次次骗婚或与人姘居，并以各种借口抛弃亲生骨肉以免受拖累，直至最后冲破法律和道德的双重界限，成为诈骗犯和盗贼。

如果说摩尔第一次行窃完全是受饥饿所迫而情有可原的话，那么她后来则完全被自己的贪婪所支配。一次次轻松得手，让她误认为凭借自己高人一筹的技巧和无尽的好运可以免遭不测。最初的恐惧、慌张和自责渐渐消失，她变得冷酷、老练，即便对于独自在外的小孩以及家中突遭大火的老妪，她也毫不留情。如她自己所说：

> 那个起先这么勤勉地拉我走进罪恶之途的魔鬼把我抓得太紧

> 了，绝不让我回去；贫穷既带我陷到这泥泞里，贪婪就把我留在里面了，等到弄得绝无回去的可能。至于我的自动放手的种种理由，贪婪却插进来，说道："干下去，干下去；你一向有很好的运气；干下去，等到你得到有四五百金镑，那时你可以放手，那时你可以什么事情也不干过舒服的日子了。"（163）

然而贪婪完全占据了她的内心。即便身边不时有同伴失手被抓判处绞刑，她还是不愿意悬崖勒马。"虽然我的确得到了那赃物，可是每次的成功又引我再干一下，是这样地鼓舞我继续操这旧业，我真不愿放下手来。"（167）"我一点儿罢手的念头都没有；不，更不愿意罢手了……当我们犯罪的心硬化了，便没有恐惧会感动我们了，没有一个例子会给我以什么警告。"（178）直到最终她用光了自己的好运，在一次行窃失手后被抓进新门监狱，并被判处绞刑。

到此为止，笛福通过摩尔故事所传达的还基本符合主流道德观念。如果笛福让故事就此结束，让摩尔在走上绞刑架前发表一番深刻忏悔，警示后人如何避免像她这样被虚荣心和贪婪引向毁灭之途的话，那么笛福也就完成了一部近乎标准的罪犯传记小说，并向读者传达了善恶有报这样的基本道德训诫。但笛福并没有这样做。

摩尔被捕入狱后，面临即将到来的绞刑处决，她先是感到恐惧，进而变成麻木。她认为忏悔对自己没有任何意义，因为她无法让自己免遭私刑。她顶多只是后悔自己没能及早收手，而不是忏悔自己所犯下的罪恶。直到她从牧师那里得知诚恳的忏悔有可能换来缓刑，甚至解除死刑的机会后，摩尔才愿意虔诚地忏悔：

> 我只能说他使我的心复活了，带我到一个我从前丝毫不晓得的境界，我为着过去的种种而羞赧同流泪，可是同时又暗暗地感觉一个奇妙的快乐，看到有个真正的忏悔者，同得到忏悔者的安慰的前途——我指的是，有被赦宥的希望。（232）

从中我们可以发现，摩尔的忏悔绝非真诚的、无条件的，她所说的“被赦宥的希望”并非宗教意义上的宽恕，即，用耶稣基督无限的慈悲来化解她灵魂的罪恶，而是实实在在的法律意义上的免罪。与其说她是在忏悔，不如说她是在“表演”忏悔，直至她获得免死许可证书，并改判流放美洲。

按照当时情形来说，流放并不比死刑好到哪里去，等待犯人的往往是九死一生的生存机会。但笛福偏偏又让摩尔在流放途中获得好运。她不但与自己最爱的丈夫杰姆破镜重圆，同赴美洲，共建家园，而且还从儿子那里获得母亲留给她的巨额遗产，得以快速发家致富，并最终返回英国了却余生。与她身边那些被处绞刑的窃贼相比，摩尔的命运实在太好了。我们从中看到更多的是传奇而非悲剧。虽然她一再声称自己的重生要归功于上帝的慈悲和怜悯，但实际上她仅仅是通过“诚恳地”表演忏悔便成功使自己逃脱劫难。她说：

> 我的心的确比以前更严肃地向上望着，很感恩地看着上帝的手，它为我弄出这么多奇怪的命运，而我自己也许是世上顶坏的人。我不得不再说一下，不单是这一次，甚至于在每次感恩的时候，当我觉得上帝赐福予我，而我却这么不善于报答，我就深深地感到我过去的罪恶的生涯是不近人情的，极端地厌恶它，重重地责备我自己有这样一种过去。(267~268)

摩尔宣称在自己所讲述的故事中，主要是“于自己最有益、最能启迪别人的道德的一部分”(233)，即她被捕后的狱中忏悔。当然这也是笛福为自己找到的正当性理由，而且这也是罪犯传记的通行惯例。但这其实只是表面上的说辞。但从篇幅上来看，摩尔的忏悔只占很少比重，而且并非那种真正深刻的、值得信任的忏悔。另外，一个并未对自己的罪行付出多少代价，甚至还从忏悔表演中获益的一个人，究竟能给读者带去多少道德启示是值得怀疑的。那么，如果说笛福为自己的写作寻找的道德功用这一正当性难以成立的话，他的另一正当理由，即实践功用又如何呢？

## 三、虚张声势的道德功用

在“前言”部分，笛福写道：“本故事中有大量令人愉快的事情，它们全都很好地得到了利用。这些事在叙述中都被巧妙地转化了，自然可以给读者带去这样或那样的启发。”① 在此他所说的“启发”，不是指道德或思想方面的感悟，而是指在具体的日常生活实践方面的参考。当读者在生活中碰到类似问题的时候，就可以参照小说中提供的解决方案。总的来看，笛福在小说中给读者主要提供了三个方面的“生活指南”。

第一个用途可以概括为“女孩自我保护手册”。摩尔在 17 岁时曾被大少爷诱骗失身。在讲述这段故事时，她说：“我把这时期叙述得特别详细，为的是若是有天真烂漫的年轻姑娘看到我这篇故事，她们可以学会怎样保护自己，因为稚年时就知道自己长得多么美丽常常是她们堕落的先导。”（14~15）其实大少爷的手段并不高明，仅仅是利用几句甜言蜜语便俘获了她的虚荣芳心，让她轻易付出自己最珍贵的贞洁，也就失去了日后与人在婚姻上讨价还价的最大资本。这件事让摩尔一下变得成熟了，从幼稚的天真少女变成精通男女之道的风月高手。此后每当有男性追求她时，她都会耐心地与之周旋，一再使用欲擒故纵的把戏，每次都能吊足对方的胃口。她甚至还向读者详细讲述了她在犹豫不决的情况下，如何巧妙周旋于两个追求者之间，让双方都对她欲罢不能。在不能确保获得最大利益机会之前，她绝不肯轻易让对方从自己身上占得

① Daniel Defoe. “Author's Preface”. https://ebooks.adelaide.edu.au/d/defoe/daniel/d31m/preface.html.

好处，或放弃选择的主动性。

第二个用途可以称为“功利主义道德指南”。从摩尔身上，18 世纪的读者可以学到一种对待金钱和婚姻的非常功利主义的观点。随着资本主义制度的快速发展，它极大地改变着人们传统的道德观念。马克斯·韦伯所说的那种清教伦理成为新的道德指南，它引导人们把经济成就看作某种道德善的象征，贫穷甚至要比道德上的恶更令人感到恐惧、生厌，这也就是所谓的“笑贫不笑娼”。在新的社会环境下，人们该如何把这种以金钱和物质为核心的新道德观念贯彻到日程生活中去呢？摩尔可谓树立了典范，因为“摩尔的一生完全是被经济需求推动的一生”①。最初她也和大部分普通女孩一样，“是个规矩守礼、贞淑贤惠的小姑娘”（10），再加上美丽的容貌和过人的智慧，她绝对算得上富有传统美德的人。但主家二小姐的一番话说穿了摩尔的现实处境：

> 柏蒂（指摩尔）只缺乏一件东西，但是她差了这一件就同什么好处都没有一样，因为他们现在对于女性的价值没有相当的尊敬；比如一个年轻的姑娘长得非常美丽，家庭也是贵族，受过良好的教育，聪明灵巧，态度又好，礼貌等没有一件不是值得赞美的；可是若使她没有什么妆奁，人们就不会去理她，好像她没有具体这许多的美质一样；但是只要一位姑娘有钱，那么谁也会喜欢她；男人总是要想出法子，得到利益。（11~12）

从二小姐的话中，摩尔才明白美德和外貌虽然也珍贵，但倘若没有金钱资本，它们就什么也不是。“有钱的人就是长得平常点也不碍事”（12）。从此以后，摩尔便把金钱看成了最重要的东西。当从诱骗她的大少爷手里得到金钱好处时，“我有时接连好几个钟头都睁大眼睛看

---

① Mark Schorer. “Introduction” to *Moll Flanders*: xvi.

着，把金币数了又数，每天总数有一千遍”（16）。用最小的投资换取最大的回报，这条基本的资本主义商业准则被她完全贯彻到自己的日常行为中。每当她面临婚姻选择时，能从中获得多少金钱回报是她反复考虑最多的问题。而每当一段婚姻或姘居关系结束后，她最关心的依然是她手头攒下多少财富。至于那些被她以各种理由抛弃的近10个孩子则不是她最牵挂的对象。虽然她也时常为此表达过愧疚和不安，但为了有利可图的婚姻投资机会，她总会一次又一次地想办法摆脱这些包袱。

除了这些情节上的示范，笛福有时候还通过摩尔之口向读者赤裸裸地传达他的功利主义道德观，① 比如：

> 结婚现在是彼此利益交换得大家合算，客气地互相贸易的结果，“爱情”对于处理这件事是没有份的，就算有也非常小。(50)
>
> 长得漂亮，会说话，态度好，懂事，性情温和，品行端正，受过高等教育，德行高超，虔信上帝，以及其他身心的好处都不能够引动男人去同一个女子结婚，只有钱才能够使一个女人变成可爱的……但是说到娶老婆，不管身体怎么残缺也不会觉得碍眼，无论有多少恶德也不会生出问题，钱是唯一重要的条件，妆奁总不会是驼身弯腰的，也不至于乖张凶悍的，钱无时无刻不是可爱的，不管老婆是什么样子。(50)
>
> 我说我身上这许多美德全是无用的，若使我缺乏了阿堵物；钱现在是比道德更值钱得多了。(57)

如果说这些表述过于啰嗦的话，那么她在自己的婚姻戒指上写下的这句

① 笛福本人在婚姻大事上就是一位很会算计的人，他在1684年与一个酒商的女儿结了婚，得到了女方家价值3700英镑的嫁妆。其实在整个17—18世纪的西方社会，功利主义普遍渗透到包括婚姻在内的生活方方面面。比笛福稍晚一些的美国人本杰明·富兰克林（1706—1790）在他的《穷理查年鉴》（*Poor Richard's Almanac*）中就给出了很多有关婚姻选择中如何算经济账的建议。

话就再直白不过了："钱财就是道德，金子等于命运。"（59）毫无疑问，笛福通过摩尔之口向读者传达的这些价值观都是非常庸俗丑陋的，有悖于良善的道德风尚。这也正是历来有那么多研究者围绕笛福是否有反讽意图而争论不休的原因，因为倘若笛福不是出于反讽目的，我们很难把这些庸俗道理与一位伟大的作家联系起来。其实未必。伟大的作家不一定都是那些传递伟大真理的人，更何况是在笛福写作的时代，小说家还根本没有把教化世人视为其正当使命。像笛福这样敏锐地感受到了道德风俗的变迁，并把它们表现在作品中的作家，同样堪称伟大。

第三个用途是"防贼小贴士"。读者可以从摩尔的详细作案手法中学到如何防范窃贼。这也是笛福在"前言"里重点推荐的，他说："这位臭名昭著的夫人，在其一次次的冒险和一次次对他人的侵害中，正在给诚实的人们敲响警钟，对他们做好防备，熟悉他们在欺骗、劫持或盗窃善良的人时惯用的伎俩，知道该用什么方法去做好防范。"① 比如摩尔警告人们很多时候她能轻松得手的原因是人们疏于防范，对自己的财物太大意，有时候则是由于人们内心的某些偏见以貌取人，致使自己容易被欺骗，因为她每次行窃都会打扮成体面的阔太太模样，身上再带些金币首饰等，有时候甚至还会女扮男装，以打消人们的戒备。摩尔特别提到了一次她向独自行走的小女孩下手的经历。她先是用计把小女孩骗入小巷，继而偷走她身上的金项链，还差一点下狠心加害于她。事后她为了减轻自己良心上的不安，把这起事件归咎于孩子父母的虚荣和马虎。"我给了那父母一个应当的教训，因为他们的疏忽，让这可怜的小羊独自回家，这次会教他们此后对于小孩要更当心点。"（156）这句话显然是说给广大读者听的。小说中还出现了其他一些教人避免受坏人侵害的"小贴士"。比如教绅士们如何洁身自好，以免落入荡妇的陷阱；赌徒们如何睁大双眼，避免别人使诈，等等。从文学角度来看，小说中

① Daniel Defoe. "Author's Preface". https://ebooks.adelaide.edu.au/d/defoe/daniel/d31m/preface.html.

出现的这些“防贼小贴士”基本上无益于增添艺术价值，都是画蛇添足。但对18世纪的读者来说，这些却属于阅读中的意外收获。正如麦克林（F. J. McTynn）所指出的：“以犯罪意图侵犯私人财产是18世纪最常遇到的死刑判决原因。”① 当时的人们对私人财产的不可侵犯性有前所未有的重视，而日益猖獗的盗窃行为又加剧了人们的恐慌，所以笛福宣扬《摩尔》中的防盗技巧反倒增加了对读者的吸引力。

笛福着重推荐的最后一个用途是“移民创业指导”。他说：

> 她最终与她被流放的丈夫一起在弗吉尼亚靠勤勉经营过上了诚实的生活。对于那些被迫移居海外——不管是被流放还是因为其他灾祸——的可怜的人们来说，这是一个很有指导意义的故事。它可以告诉人们，即便是在世界上最偏远的角落，勤劳与坚守也总会得到应有的回报。没有哪种境遇是糟糕到极致、完全没有希望的。不知疲倦的勤劳付出总会把我们拯救出困境，会让最卑下的人重见天日、重获新生。

这听上去似乎是一个很吸引人的阅读理由，因为18世纪的英国正是海外殖民扩张的高潮期，每年都有无数人主动或被动移民海外，在陌生遥远的蛮荒之地另辟家园，其中有很多都是像摩尔夫妇一样被流放海外的犯人。据道格拉斯·海伊（Douglas Hay）研究发现，“在18世纪，差不多有半数被判死刑的人并未被送上绞架，而是被改判监禁或流放海外殖民地”②。这些人死罪得免，活罪却难逃。他们往往在流放途中历经磨难，侥幸生存下来也要做很多年的契约奴，要想最终赎得自由重获新

① F. J. McLynn. *Crime and Punishment in Eighteenth-Century England*. London: Routledge, 1989: 87.

② Douglas Hay. “Property, Authority and the Criminal Law”. Douglas Hay and Peter Linebaugh, ed. *Albion's Fatal Tree: Crime and Society in Eighteenth-Century England*. London: Verso, 2011: 43.

生绝非易事。这正是杰姆宁可死在新门监狱也不愿意和摩尔一起被流放的原因。但笛福所说的“创业指导”其实仅仅停留在口头上。与前面提到的几个用途相比，摩尔对他人的创业指导价值非常有限，因为她在弗吉尼亚获得成功的关键并非笛福所说的“勤勉经营”，而是在来之前她和杰姆各自通过犯罪积攒起来的数百镑赃款。如摩尔所说：“世上几乎从来没有人们如是合起不义之财来入世。”（249）正是依靠这些钱财，他们得以在流放途中买通押送人员，获得旅行中的各种舒适条件，并在抵达流放地后立即成为自由人。再加上母亲早年留给她的丰厚遗产，以及与前夫所生的儿子提供给她的各种便利，摩尔在弗吉尼亚的生活可谓一帆风顺。对于那些真正一贫如洗、两手空空被流放到新世界为奴的犯人来说，摩尔的成功几乎没有任何指导意义。

## 结　束　语

我们可以设想一下：一位才貌双全的年轻女子，历经多变坎坷的一生，堕落成臭名昭著的荡妇和窃贼，犯下乱伦、重婚、通奸、盗窃、诈骗、走私等重罪，被判死刑又侥幸逃脱，被流放海外却又化险为夷，时来运转，人财两旺，最终“功德圆满”，平静度过余生。这样的人生绝对称得上传奇，甚至让人有点“得意”。因为其传奇之处似乎足以盖过不光彩之处。要想把如此传奇的经历压在心头成为永远的秘密，这似乎很难。所以摩尔才宁愿冒一定的风险——因为她还有些尚未了结的案底——也要把它讲出来，既是发泄也是炫耀。如她所说：

> 无论是我们女性，或者男性，一个重要的秘密总该有一个推心置腹的人，一个密友，对着他我们可以说出这秘密的欣欢，活着愁闷，不管是喜是悲，否则那将变成双倍的愁苦压在心头，也许甚至于变为不能忍受的。（259）

但毕竟她自己讲述的是一个以犯罪行为为主线的故事。她需要寻找叙述的正当性。一方面，她认为自己的犯罪叙述可以帮人们认清和防范坏人，她说：

> 我这故事里的每一段，若使好好地想一下，对于老实的人们是有用的，供给各种人们一个警告，使他们预防同样的诡计，处处睁着眼睛，当他们跟陌生人有什么交涉的时候，因为很少他们面前没有一两个陷阱埋着。我全部历史的教训的确是让读者的眼光和判断去采取；我是不配向他们说出的。让一个十分坏、十分可怜的人的经验做读者们有用的警告的宝库吧。(215~216)

另一方面，她又宣称自己的故事可以成为反面教材，有益于道德教化，"我这本传记的出版既然是为着这里面处处含有教训，同时可以给读者以指导、警告和矫正，那么我希望这段关于有些人不得不泄露他们自己的或者别人的最大秘密，人们不会看作用不着的枝叶文字"(260)。

当然，摩尔不过是虚构出来的人物，笛福才是故事背后真正的叙述人。他比摩尔更需要为自己的叙述找到正当性理由。摩尔的托辞不过是笛福植入小说中的自我辩护。在一个处处讲求功利、小说又不被肯定的时代环境下，笛福只有借助于"有用"和"有益"这样的托辞才能"充分证明任何人出版它，并向世人推荐它的正当性"①。不过这终究也不过是托辞。通过上述讨论我们发现，这部小说给读者传达的实用指导或道德启示要么微不足道，要么十分庸俗，不足以为小说提供足够的正当性理由。然而我们也不能否认这两个托辞的作用。正是由于它们，才可以把读者吸引过来。在小说体裁正处于初创的时代，以各种办法聚揽读者是非常重要的。读者或许最初会抱着实用目的来阅读小说，但很

① Daniel Defoe. "Author's Preface". https://ebooks.adelaide.edu.au/d/defoe/daniel/d31m/preface.html.

快就会被故事中的虚构和传奇色彩所吸引。只有当小说和阅读市场都发展到成熟阶段，它才可以有勇气不借助“有用”和“有益”这样的正当性辩护。

# 第六章
# “我讲述的并非其真实所为”：论《大伟人江奈生·魏尔德传》对传统罪犯传记的改写

## 引　言

亨利·菲尔丁（1707—1754）素有“英国小说之父”的美誉，被视为英国现实主义小说最重要的奠基人。与比他稍早一些的丹尼尔·笛福（1660—1731）一样，菲尔丁在作品中也经常描写犯罪活动。原因主要有两个方面。一方面，菲尔丁所生活的年代是英国历史上最黑暗的时期之一。在罗伯特·华尔普（Robert Walpole）担任英国首相期间（1721—1742），贪污受贿、卖官鬻爵之风盛行，政治极度腐败，国家对于社会的管理非常混乱，法律形同虚设，各种犯罪活动猖獗，致使匪患横行、恶人当道、民不聊生。就像普拉姆（J. H. Plumb）在《18世纪的英国》一书中所写的那样，“华尔普的时代粗俗、野蛮、下流，那是一个属于恃强凌弱者和奸佞之徒的时代”①。另一方面，菲尔丁拥有司法知识背景，对犯罪问题有某种职业上的敏感。菲尔丁的外祖父是一名法官，他从小就在外祖父那里接

① John Plumb. *England in the Eighteenth Century*. London: Penguin Books, 1950: 33.

触过不少法律书籍。长大后他又到伦敦法学院和荷兰莱顿大学学习法律，并于1740年获得律师资格，后来还担任了伦敦密德萨斯区的治安官。这样的司法学习和工作背景使他对犯罪问题有更强烈的兴趣，自然也影响到了他的文学创作。

从菲尔丁最初的政治讽刺剧《咖啡店政客》（1730），到后来的长篇小说代表作《汤姆·琼斯》（1749）和《阿美丽亚》（1751），我们从中可以看到他对犯罪问题的关注，以及对英国腐朽的司法制度的抨击。不过与当时流行的犯罪题材小说相比，菲尔丁所侧重的对象不是市井生活中的那些鸡鸣狗盗之辈，也不是有传奇色彩的江洋大盗，而是披着合法外衣却干着罪恶勾当的伪君子，特别是那些官员和贵族。中国古人曾用“窃钩者诛，窃国者侯”来讽刺司法不公的现象。可当时英国的实际情况是，既未能有效惩治“窃钩者”，导致贼匪猖獗，也缺乏清明的吏治，像华尔普首相这样的“窃国者”长期稳居高位，继续腐蚀社会。菲尔丁在其早年的政治讽刺剧中——特别是《堂吉诃德在英国》（1734）和《1736年英国纪实》（1737）——曾辛辣嘲讽过英国上层社会的丑恶，并因此而得罪华尔普首相。后者旋即颁布《戏剧审查法》，禁止任何未经审查的剧目上演，最终迫使菲尔丁放弃戏剧舞台，转向小说创作。

在菲尔丁所有的小说作品中，恐怕没有哪一部作品比《大伟人江奈生·魏尔德传》（*The Life and Death of Jonathan Wild the Great*）更淋漓尽致地表达了作者对英国社会的抨击。小说标题显示这是一部关于英国著名罪犯魏尔德的传记，但实际上菲尔丁不过是以此为托辞，借机表达他对整个英国社会从上到下各种犯罪行径的强烈讽刺。这部小说最初发表于1743年，收录在他的《杂文集》第三卷。或许是因为华尔普首相此时已经下台，菲尔丁才可以毫无顾忌地在小说中影射英国政府的腐败政治。

# 一、传统罪犯传记及《大伟人江奈生·魏尔德传》的人物原型

自17世纪以来，犯罪人物传记（criminal biography）就成为一种十分流行的通俗文学题材。作家依据官方披露的犯罪档案，添加适量文学虚构，为读者勾勒出一个人如何逐渐堕落成罪犯，直至被处决的过程。其文学水准一般不高，主要功能是寓教于乐，既满足读者——主要是收入有限的下层民众——对犯罪人生的窥视欲，又警示人们吸取教训，不要步其后尘。可以说，这样的犯罪人物传记虽然质量粗糙、模式化严重、难登大雅之堂，却对社会稳定起到一定的缓释阀式的作用，因为它们既缓解了下层读者在剥削制度下的犯罪焦虑，又劝导他们遵纪守法，做安善良民。

18世纪初期的英国仍处于资本主义发展的不发达阶段。残酷的阶级剥削是资本积累的实质来源。大量的失地农民、无产者被强行纳入资本主义工厂生产体系，他们失去了时间和空间上的自由，却只换来非常微不足道的收入。这种剥削制度对他们来说是非常不正义的。相比之下，无法无天的犯罪活动反倒值得羡慕。所以在读到犯罪人物传记中的那些传奇化的虚构故事时，人们感受到的并非犯罪活动对正义秩序的践踏，反倒是对非正义秩序的反抗。况且早期的犯罪人物传记都有不少侠义色彩，描写的人物往往并非奸诈邪恶的暴徒，反倒是像罗宾汉那样劫富（未必）济贫的人，其犯罪手段相对比较“光明磊落”，喜欢在大路上拦劫过往富人。只要受害人愿意交出财物，一般不会受到为难。因此早期的罪犯大多被称为“劫匪”（highwayman）。最典型的代表莫过于约翰·盖伊（John Gay，1685—1732）在其代表作《乞丐的歌剧》（*The Beggar's Opera*，1729）中刻画的麦克西斯上尉。当他骑在马背上唱出“我有一颗自由之心，它像蜜蜂一般四处漂泊”之时，他简直变成了自

由骑士的化身，非常能打动读者。①

虽然早期犯罪人物传记偶尔也会表达一些对英国社会腐败和不公正状况的不满，但这都是次要的，其重点还是为读者提供娱乐，外加稍许劝人向善的教化功能。几乎从未有哪部罪犯传记把社会批判作为主要目的。这可能也正是华尔普政府的审查法只针对菲尔丁的那些社会政治讽刺剧，却不针对犯罪人物传记的原因。正如我们在前面所分析的，犯罪人物传记虽然质量粗糙，但是对社会来说没有太大威胁，甚至还有一些好处。

## 二、“我讲述的并非其真实所为”

与他之前的犯罪人物传记相比，菲尔丁在《大伟人江奈生·魏尔德传》中所要表达的东西却有很大不同。他的重点不再是还原魏尔德的人生经历，而是把他的犯罪过程当成反射整个英国社会罪恶的一面镜子。真实的魏尔德是英国历史上最为臭名昭著的罪犯。他为人十分奸诈，诡计多端，对黑白两道都十分了解，善于操纵各方力量为己所用。在公众面前，他是威震全国的捕贼高手，抓住了很多窃贼，为受害人找回失物。但实际上，他却串通政府和犯罪团伙，构建起一个庞大的犯罪组织，把形形色色的扒手、强盗、贼人都网罗到自己手下，通过软硬兼施的手段，让他们为自己服务。如果有手下对他不忠或不听差遣，就会被他用计交给法庭惩处，最终成就自己“大不列颠及爱尔兰总捕头”（Thief-Taker General of Great Britain and Ireland）的美誉。所有赃物都由他处理，在收取一定酬劳后返回失主，从中获利。因此又有人很形象地戏称他是“劫匪、入户盗窃犯、拦路贼和小偷联合会总经理”②。

---

① 参见 John Gay. *The Beggar's Opera*. http：//www.gutenberg.org/ebooks/25063，第 15 幕。

② 参见“The Life of the Famous Jonathan Wild”. http：//www.pascalbonenfant.com/18c/newgatecalendar/lives_jonathan_wild.html.

以今天的眼光来看，魏尔德的成功很难理解。一个人怎么可能如此长期控制黑白两道而不被揭穿？但在 18 世纪初的英国却并非不可能。比如在盖伊的《乞丐的歌剧》中所刻画的主要人物皮查姆（Peachum）就是这样一个人，他依靠自己运营的犯罪网络，可以随心所欲地操控政府和犯罪团伙，经常通过计算得失来决定营救还是出卖手下人。魏尔德与他相比有过之而无不及。一方面，魏尔德为人极其狡猾，善用手段拉拢官员和控制手下。另一方面，当时英国的司法制度又十分不健全，没有建立完整的执法体系。窃贼如果不是被当场人赃俱获，受害人便拿他没办法。即使抓住了嫌犯，受害人还得自己向法庭支付一笔不菲的诉讼费用，才有可能让坏人得到惩处。再加上当时的法庭十分腐败，法官受贿、犯人串供的现象十分普遍。贼人很有可能反咬一口，让受害人陷入更大的麻烦。这在《大伟人江奈生·魏尔德传》中也有所体现。善良的珠宝商人哈特弗利原本被魏尔德一伙害得倾家荡产、妻离子散，在法庭上却又被魏尔德等人串通一气，差点陷害致死，实在是黑暗至极。① 由于诉讼成本太高，又不一定能获得正义的判决，很多受害人便转而求助于像魏尔德这样的民间抓贼人。他们表面上是在抓贼，实际上往往是在窃贼与受害人之间进行赃物返售交易的中介。正如摩尔所指出的那样，"这些收售失物和赃物的人熟悉犯罪世界，有特殊渠道联络贼人。到 1710 年，抓贼已经成为一门很复杂的行当，涉及敲诈、勒索、行贿、告密和有组织行窃等"②。并且根据当时的法律，禁止任何人购买不属于自己的失窃赃物，否则会受到严惩。这就封死了盗贼销赃的其他途径，也就为魏尔德垄断赃物交易提供了机会。他一般会想办法制造假象，宣称在抓贼的过程中无意发现了被盗物品，然后在取得一笔赏金后归还失主。那些不听指挥，胆敢背着他谋利的手下，会被他设计送上法庭处决。例如在《大伟人江奈生·魏尔德传》中，他就先后除掉了费

① 参见亨利·菲尔丁著，萧乾译：《大伟人江奈生·魏尔德传》，译林出版社 1997 年版，第三卷第十章。

② L. Moore. *The Thieves' Opera*. London: Penguin, 1997: 60.

尔斯和马立布恩两位手下。①

也就是说，魏尔德事实上同时干了两桩生意。一是表面上抓贼除恶，二是背地里销赃获利，可谓名利双收。1720 年前后，魏尔德的声誉达到顶峰。60 多名贼人被他送上绞架，报纸上大肆宣传他的丰功伟绩，连枢密院也要向他征求治贼方略。但从 1724 年开始，魏尔德从自己的人生顶峰上迅速跌落。他先是在抓捕传奇大盗约翰·谢泼德（John Sheppard）的过程中屡遭戏耍，狼狈不堪，受到公众质疑和奚落，后又因策划手下越狱而东窗事发遭到逮捕。此后他又被众人背叛落井下石，他所犯下的各种罪行也被陆续揭发出来。恶贯满盈的魏尔德于 1725 年被判处绞刑。行刑当日可谓万人空巷，人们都想一睹为快，亲眼见证这位有史以来最大的伪君子的下场。魏尔德被绞死后，他的尸体还被送往英国皇家学院用于医学解剖，头颅则被展览数日，足见当时的人们对他的愤恨。

## 三、对魏尔德人物形象的反传奇化塑造

作为英国历史上最臭名昭著的罪犯，魏尔德死后立即成为街谈巷议的对象，报纸上纷纷刊载与魏尔德案件有关的报道，犯罪人物传记作家们自然也不会放过如此近在眼前的话题人物。在魏尔德被处决后不到一个月，笛福就率先出版了《江奈生·魏尔德的生平及所为实录》（*True and Genuine Account of the Life and Action of the Late Jonathan Wild*）。② 笛福的作品基本沿用了一般犯罪人物传记的形式，用现实主义的手法记述了魏尔德的一生，它的虚构成分较少，但文学价值也有限，只不过在叙

① 参见亨利·菲尔丁：《大伟人江奈生·魏尔德传》，第二卷第五章，第三卷第三章。本章下文凡是出自小说中的引文，将随文直接标出页码，不再另外加注。

② 直至 21 世纪，仍然有以魏尔德为主要人物的新作品出现，比如大卫·里斯（David Liss）的小说《商业票据的阴谋》（*A Conspiracy of Paper*，2000）。

述手法上更连贯、娴熟一些。相比之下，菲尔丁的《大伟人江奈生·魏尔德传》显示出与以往的犯罪人物传记很多不同的地方。

在《杂文集》的前言部分，菲尔丁表明了自己的写作意图：

> 我不打算进入那些杰出的历史学家的行列，他们依据真实的档案记载，早已写出了让人满意的有关这位大人物的生平所为。对于这段历史的真实客观性，我毫无贬低之意。……坦率地说，我所讲述的内容并非他的真实所作所为，而是他应该做过，或者可以做的事情，并且对现实中的其他类似的伟大人物来说，这些事情也是适合他们干的。①

很明显，菲尔丁在这里借用了亚里士多德在诗和史之间所作的区分："历史学家和诗人的区别不在于是否用格律文写作，而在于前者记述已经发生的事情，而后者描述可能发生的事。"② 也就是说，菲尔丁的目的不是还原魏尔德的罪行，而是以他为典型，去再现和揭露普遍存在于英国，乃至任何人类社会的犯罪行为。他说："我想提醒读者的另一点是，既然它并非对魏尔德本人的真实记述，同样它也不是为了再现任何一位别的什么人的特征。无耻的行为——而非某个无耻之徒——才是我想要表达的主题。"③ 虽然小说题目传达的信息是人物传记，但实际上它是为一切表面伟大、实则无耻之极的伪君子刻画的群像。正如法瑞尔（William Farrell）所指出的，小说真正的讽刺对象"不是魏尔德，而是文明世界的同道中人"④。

---

① Henry Fielding. "Preface to *The Miscellanies and Poems of Henry Fielding*, Esq. (1743)". https://en.wikisource.org/wiki/Preface_to_the_Miscellanies_and_Poems.

② 亚里士多德著，陈中梅译注：《诗学》，商务印书馆 1996 年版，第 81 页。

③ Henry Fielding. "Preface to *The Miscellanies and Poems of Henry Fielding*, Esq. (1743)". https://en.wikisource.org/wiki/Preface_to_the_Miscellanies_and_Poems.

④ William Farrell, "The Mock-Heroic Form of 'Jonathan Wild'", *Modern Philosophy*, 1966 (3): 216.

如果说在菲尔丁之前，犯罪人物传记更关注日常随处可见的“窃钩者”的话，那么菲尔丁则把目光更多地投向了那些躲藏在历史阴暗处的“窃国者”身上。与前一种人相比，“窃国者”的手段更卑劣，对社会的危害也更大。但由于其隐蔽性强，而且人们往往又很幼稚地认为那些了不起的大人物也必定都是道德上的楷模，这就使得那些做了坏事的伟人们非但逃避了惩处，反倒欺世盗名，被人们冠以各种伟大称号，甚至名垂青史，这实在是讽刺至极。菲尔丁说：

> 很多非常无耻的作家常把新门监狱视为人性被去掉面具的地方，我对此实在不敢苟同。相反，我倒觉得我们有理由把那些伟人所居的豪华宫殿看作不过是戴了面具的新门监狱。同样的行径，在一个地方换来的是不堪想象的痛苦和耻辱，在另一个地方换来的却是无上的荣耀和奢华，很难想象还有什么能比这个更让一个诚实的人感到愤慨。①

借助魏尔德的故事，菲尔丁正是要揭露隐藏在伟人形象背后的“凶残、贪婪、掠夺、粗野、伪善和背叛”②。

在小说中，菲尔丁也不断在“窃国者”与“窃钩者”之间进行类比。魏尔德在亨利三世时代的祖先朗方格因盗窃罪被处绞刑，他的墓碑上镌刻着这样的诗句：“法官老爷真无耻，魏尔德扒了个衣袋就绞死；胡伯特跟他的同党盗窃国家物资，倒落得个逍遥自在，太平无事。”（3）在第一卷第五章，拉·鲁斯伯爵与魏尔德争论做官与做贼的区别。伯爵认为“做个大官总比当个小偷强”（9），劝魏尔德应把才能用在谋官上。魏尔德却不以为然，在他看来，两者之间没有什么差别：

---

① Henry Fielding. “Preface to *The Miscellanies and Poems of Henry Fielding*, Esq. (1743)”. https://en.wikisource.org/wiki/Preface_to_the_Miscellanies_and_Poems.

② Henry Fielding. “Preface to *The Miscellanies and Poems of Henry Fielding*, Esq. (1743)”. https://en.wikisource.org/wiki/Preface_to_the_Miscellanies_and_Poems.

一个人凭着假字据骗取店铺老板一批货物，带着货物逃走；又有一个衣冠齐整、外表十分阔气的绅士，用赊账的办法骗取价值二十倍的货物，难道说前一种行为比后一种容易些吗？……他们不是都需要灵活的头脑、好记性、厚脸皮、在西敏寺大厅造假证词的本领，像一位大官的腿子或是大官本人具备的那些条件吗？……从这些例子里我们可以看出上流社会和下流社会生活中间的共同之点是远多于一般人所想象的。(9)

维尔德认为，相比之下，做贼甚至强过做官，因为：

贼匪不过是从陌生人身上扒几个先令，或是几镑钱，他跟物主既不相识，自然就谈不上道义问题，并且数目既然不大，失主的损失也不会很重，摸摸良心，问题不会太大；而大官却是辜负了公众的信任，毁了成千成万的人家，甚至于毁了整个的国家。一个在大道上拦路行劫的好汉比起在赌场里玩花样的骗子来是多么果敢磊落！窑子里的老鸨比起在官场里的乌龟来是多么纯洁可爱！(10)

魏尔德的逻辑虽然滑稽，却也不能说完全没有道理。至少在菲尔丁看来，腐败的政府要比盗贼更可恶，而且还会助长更多犯罪。

## 四、腐败社会与有组织犯罪

为了强化小说对“伟人”的讽刺效果，菲尔丁在小说中还故意丑化了魏尔德的形象，而不是像一般犯罪人物传记那样对罪犯进行传奇化、魅化处理。如前所述，在早期犯罪人物传记中，窃贼往往被塑造成有狭义色彩的人，是讲究“盗亦有道”的豪杰之士，即便像笛福笔下的女贼摩尔·弗兰德斯，在作案过程中也屡屡展现出机智果敢的形象。

这样的犯罪人物容易唤起读者的同情和代入感。反观菲尔丁笔下的魏尔德，他不是聪明，而是奸诈；不是果敢，而是狠毒；他做人两面三刀，出尔反尔，诡计多端，越是对他有恩、和他关系近的人，越容易成为他下手的目标。拉·鲁斯伯爵和白格沙特原本都是他的亲密同伙，他们多次合谋作案，却也免不了被他所害。他最擅长的手段便是“先用一个爪牙去骗人，然后再骗行骗的爪牙的双料骗局”（31）。哈特弗利是魏尔德的同学好友，对他多有恩惠，魏尔德却恩将仇报，用卑劣手段对恩人一再施害，差点让其送命。

早期犯罪人物传记经常会设置富有传奇色彩的故事情节，以便增加犯罪人物的魅力。比如让一个人单枪匹马地完成惊天大案，或是机智勇敢地逃脱追捕，化险为夷等。菲尔丁原本也为魏尔德设计了类似的桥段。比如在小说第二卷第十章至第十三章，魏尔德在拐骗哈特弗利太太去往海外的途中，被人识破诡计后遭到放逐。当他独自在海上漂流的时候，并没有展现出任何属于英雄人物的品质，只知道诅咒和谩骂，甚至连自杀的勇气也没有。侥幸被过往船只搭救后，他反过来立马又盘算起如何劫夺这只船上的财物。其卑鄙无耻的程度简直无以复加。

与以往犯罪人物传记的主角相比，魏尔德最大的特点还在于，他是第一位真正的有组织犯罪的领导者。按照盖里奥提（Galeotti）的定义，所谓“有组织犯罪”（organized crime）指的是“在传统的合法社会结构之外运作的一种持续性犯罪活动，成员按照一定的等级制度相互合作，通过犯罪行为为个人谋取权力和利益”①。当然，很多犯罪活动不是一个人完成的，经常需要多人联手作案。笛福笔下的摩尔·弗兰德斯就经常在作案过程中寻找帮手，特别是与她的保姆一起合作了好多年，她们可以相互掩护，或者协助销赃等。但这种合作还算不上是有组织犯罪，而是一种相互有利的结盟；她们之间只有合作关系，没有等级关

① M. Galeotti. “Criminal Histories: An Introduction”. M. Galeotti, ed. *Organised Crime in History*. London: Routledge, 2009: 6.

系。有组织犯罪的两个最重要特点就是等级严格和成员众多，就像电影《教父》中所描绘的黑社会一样。虽然魏尔德本人作案手法也十分娴熟，但他最擅长的还是操纵别人为自己谋取利益，并且还把损人利己看作一门“艺术”。他说：

> 运用手段的艺术就是如何使用自己获利最多的艺术。艺术的高低决定于获利倍数的多少。首先应该把人类分做两大类：一类是使用自己的手的，一类是利用别人的手的。前一类是下等人，后一类才是上等人。……使用别人的手的人们又可以分为：第一，为了他们所处的社会的利益而使用的；第二，仅仅为了他们自己的利益、不顾社会的利益而使用的。……就是那些只是为了自己的利益而雇用人手的，这就是人类中间高贵、伟大的那部分。他们一般都是以征服者、专制君王、宰相和贼匪的卓越身份出现的，这些人中间伟大程度的区别就在于他们使用人手的多寡。亚历山大大帝所以比鞑靼或是阿拉伯部落酋长更伟大，是因为他手下的兵将更多一些。一个单干的贼匪身份并不比其他的伟人低，除了因为他只会使用自己的手；我们并不能因此就把贼匪跟卑贱的平民看得一样低，因为他使用自己的手只是为自己。那么，假如一个贼匪手下的爪牙有像宰相那么多，他难道不会像宰相一样地伟大？他一定会。因此，想做伟人只消结成一个帮，叫这帮里的人都听我使唤。帮里的人抢来的东西全都得归我，任凭我随便给他们一点点酬劳。在帮里，我提拔胆量最大、心肠最狠的那些人（这是平常人的说法），其余的遇到机会我就随便叫他们去充军，或者送上绞刑架。这样，本来是保护并裨益社会的法律就为我一个人利用了。这就是一个贼匪最大的优点。(23~24)

如前文所述，这种组织化犯罪的形成与当时腐败的社会环境有很大关系，也是整个社会腐化的缩影。魏尔德就是他所建立的犯罪王国的最高统治者，“纠合了一大帮喽啰，里面有败落的赌棍、破产的衙吏、亏空的买卖人、游手好闲的学徒、律师的助手和一些胡作非为的浪荡少年”(38)。诱骗和恐吓是魏尔德最主要的控制手段。虽然手下的小毛贼对他的剥削多有不满，但也不敢背叛他，因为稍有不忠便会遭到他的清洗。

魏尔德的犯罪组织之所以能长期存在，除了他在内外控制上很有手腕之外，另一个更重要的原因是当时英国腐败、混乱的司法状况。一方面，由于还没有建立专门的警察执法队伍，没有人能对他这种庞大的犯罪网络进行调查或打击。另一方面，有组织犯罪在当时还是新出现的犯罪形式，当时的法律在应对这种犯罪方面还没有明确规定，所以当魏尔德最终被布留斯金的盗窃案牵连归案后，法官们竟然一时拿他没办法。直到后来议会专门通过一项法案，规定“凡利用别人的手去盗窃的贼，应处以死刑”(81)，魏尔德才算得到应有的惩罚。

早期犯罪人物传记在结尾处有两个常见套路。一是让罪犯在临刑前接受牧师劝导，表达一段真诚的忏悔，以便告诫他人不要步其后尘。二是描述罪犯在临刑前的无畏，以显示其豪杰气概。这两个套路在《大伟人江奈生·魏尔德传》中都有体现，不过菲尔丁有意对它们进行了改写。面对牧师的劝导，魏尔德充耳不闻，毫无悔意。面对即将到来的绞刑，他也尽量显示出一副无所谓的样子：

> 他不但没露出任何沮丧或懊悔的痕迹，在神情上还更显得心中有数，很有把握的样子。……在一次喝酒的当儿，有人问起他怕不怕死来，他回答说：“瞎扯淡，死也不过是一场没有音乐伴奏的跳舞。”……又一次，一个朋友对他暗示说，希望他死得像个男子汉大丈夫的样子，他用轻蔑的神情把帽子一歪，大声嚷道：“妈的，谁怕死呀?”(105)

然而这不过是一种伪装。其实外强中干的他内心非常惧怕死亡，甚至想通过吞食鸦片自尽以免于绞刑。更滑稽的是，他最终被绞死的时候，还顺手从身边的牧师身上偷走一只开瓶塞的钻子。这一毫无意义的举动为我们留下的是一个非常猥琐、卑劣、可笑的人物形象。

# 结 束 语

法瑞尔曾认为："菲尔丁的这部传记在技巧上更接近传统的伟人传记，而非当时的犯罪人物传记。"① 他之所以会有这种看法，就是因为菲尔丁对传统犯罪人物传记做了很多改写。他的《大伟人江奈生·魏尔德传》不是一部单纯的犯罪人物传记，而是通过对这种流行题材的改写，实现了对英国社会腐败状况的深刻揭露。虽然有不少人认为这部小说的主要意图是用魏尔德的无耻来讽刺一切伟人的虚伪本质，但我们也应当承认小说的另一重要价值就在于，菲尔丁通过魏尔德的故事，为读者揭示了组织化犯罪的根源及其危害。别人从罪犯传记中看到的是传奇，而拥有法学背景的菲尔丁更关心的却是犯罪与社会腐败之间的关系。在这部小说发表 7 年之后，菲尔丁被正式任命为伦敦密德萨斯区治安官。他在任期内（1748—1754）设立了英国最早的全职警察队伍，成为后来著名的弓街侦探（Bow Street Runners）的前身。此外在 1751 年和 1753 年，菲尔丁还先后出版了两本小册子，即《针对近来劫匪增多的原因的调查及抑制恶势力增长的几条补救措施》（*An Enquiry into the Causes of the Late Increase of Robbers &c. with Some Proposals for Remedying the Growing Evil, etc.*）、《关于有效救济穷人，改善其道德状况，使其成为有益社会成员的建议》（*A Proposal for Making an Effectual Provision for the Poor, for Amending Their Morals, and Rendering Them Useful Members of the Society, etc.*），专门探讨了犯罪预防和社会治理问题，使其成为犯罪预防学的先驱。正是由于这些功绩，鲍艾尔（Allen

① William Farrell. "The Mock-Heroic Form of 'Jonathan Wild' ": 216.

Boyer）才称赞说：“作为治安官的菲尔丁对英国法律的改造，和作为小说家的菲尔丁对英国小说的改造同样彻底。”① 至少在20世纪以前，我们很少见到还有谁能像菲尔丁这样，把司法实践和犯罪主题文学创作结合得如此紧密有效。

① Allen Boyer. “Justice Fielding, the Novel, and the Law”. *Yale Journal of Law & the Humanities*, 1992 (1): 206.

# 第七章 19世纪初英国新门派犯罪小说概述

## 引　言

所谓“新门派小说”（Newgate Fiction）是指在19世纪上半期出现于英国、以传奇化的犯罪描写为主要叙述特征的一类小说总称。它从18世纪的罪犯传记和哥特式小说那里继承了很多“煽色腥”（sensational）的元素，又从历史传奇那里学会了以往事为背景并从中寻找素材。它还擅长在犯罪叙述中增加悬疑和推理，为后来侦探文学的兴起做好了铺垫，成为犯罪文学发展过程中的重要一环。它于19世纪三四十年代经历了快速的成长和繁荣，但随即陷入衰退并逐渐退出文学舞台。其重要成员既包括现今已乏人问津的托马斯·盖斯佩（Thomas Gaspey，1788—1871）、爱德华·鲍沃尔-利顿（Edward Bulwer-Lytton，1803—1873）和威廉·安斯沃思（William Ainsworth，1805—1882），也包括赫赫有名的现实主义巨匠查尔斯·狄更斯（Charles Dickens，1812—1870）。①

---

① 也有研究者认为新门派犯罪小说的时间范围应该被向前追溯至18世纪，丹尼尔·笛福的《摩尔·弗兰德斯》（1722）、亨利·菲尔丁的《大伟人江奈生·魏尔德传》（1743）以及威廉·戈德温的《卡列布·威廉斯的经历》（*Caleb Williams*，1794）都应归入这类小说。而且它也并未彻底消失，在当今英国文坛仍可见到新门派犯罪小说的影子。参见 Larissa Schumacher. “The Remorseless Fangs of the Law”. *The Newgate Novel, 1722-2012*. MA Thesis，Waikato：The University of Waikato，2013：64.

在很长一段时间内，新门派小说都被评论家们视为粗制滥造的文学垃圾。它用简单的煽色腥元素对犯罪行为进行不切实际的夸张虚构，虽然表面光鲜，却缺乏艺术含量。那些曾经名噪一时的畅销小说现已被人遗忘便是其品质低劣的最好证明。以它为主导文学类型的整个 19 世纪 30 年代也因此被严重忽视。恰如基林汉姆（Lauren Gillingham）所说："我们在讨论 19 世纪小说时很少提及 19 世纪 30 年代。在文学研究中，这十年常被简单视为一个没有什么特点的过渡阶段……从 19 世纪 20 年代末至 19 世纪 40 年代初之间的这段时间常被认为是个文学休耕期。"① 不过随着犯罪文学研究的不断深入，新门派小说也受到越来越多的关注。有关它的艺术价值，以及在英国文学史上的地位和贡献问题，也开始得到重新认识。

## 一、新门派犯罪小说的起源

"新门派"这一称谓源自新门监狱。它是一座位于伦敦的著名监狱，曾与巴黎的巴士底狱齐名。它最早始建于罗马统治时期，曾多次被摧毁和重建。自 12 世纪以来，新门监狱一直被用来关押重要犯人，英国历史上有很多臭名昭著的罪犯都是在这里度过被处决前的最后时光。为了警示他人，同时也为了得到些经济回报，新门监狱里的教士们经常出版一些被称为"报告"（Accounts）的小册子，里面记述一些重犯的所作所为、在临刑前的忏悔，以及最后的处罚等。每年出版的报告合订本就被称作《新门狱历》（*Newgate Calendar*）。其基调是沉重的劝世良言，告诉世人善恶有报，切莫步其后尘。

为了强化宣传效果并增加销量，避免单纯的道德说教招人反感，教士作者们会有意识地在叙述中添加修辞和虚构。这些经过艺术加工的

① Lauren Gillingham. "Ainsworth's *Jack Sheppard* and the Crimes of History". *Studies in English Literature, 1500-1900*, 2009 (4): 879.

《新门狱历》便给读者提供了一种意想不到的阅读体验。读者既可以对那些不为人知的罪恶人生一窥究竟，满足好奇心，又可以从那些扣人心弦的犯罪情节叙述中得到刺激和快感。如此一来，《新门狱历》大受欢迎，其娱乐功能甚至超过了说教意图。据说到了18世纪末期，《新门狱历》已经成为与钦定版《圣经》和班扬的《天路历程》同样普及的读物。① 不过由于它们价格不菲，还是有很多人买不起。为了满足更多公众的需要，当时又出现了大量基于《新门狱历》内容改编的廉价读物。或为歌谣，或为散文；多则十几页，少则一张纸。它们在内容上更简洁，在叙述方式上却更刺激耳目。它们删去了那些冗长的忏悔和说教，只保留惊心动魄的犯罪情节，事实性成分越来越少，夸张和虚构则不断增多。包括《新门狱历》在内，这些读物总体来讲都比较粗糙，至多只能算是通俗作品，但它们对公众的影响却不小，培养了一大批对犯罪题材很感兴趣的读者，为更严肃、更有艺术性的犯罪文学的出现创造了条件。②

其实在18世纪，包括笛福和菲尔丁在内的英国小说家们就有意识地把刑事犯罪当作重要的创作题材。笛福甚至还模仿《新门狱历》风格为英国历史上著名的盗匪杰克·谢泼德（Jack Sheppard）写过一部传记。但真正被公认为新门派犯罪小说奠基之作的却是鲍沃尔-利顿于

① 参见 K. Grovier. *The Gaol*: *The Story of Newgate*, *London's Most Notorious Prison*. London: John Murray, 2008: 183.

② 更多有关《新门狱历》与新门派犯罪小说兴起之间关系的研究，可参阅 Heather Worthington. "From The Newgate Calendar to Sherlock Holmes". Charles Rzepka and Lee Horsley, eds. *A Companion to Crime Fiction*. Chichester: Wiley-Blackwell, 2010: 13-27; Lauren Gillingham. "The Newgate Novel and the Police Casebook". Charles Rzepka and Lee Horsley, eds. *A Companion to Crime Fiction*. Chichester: Wiley-Blackwell, 2010: 93-104. Lyn Pykett. "The Newgate Novel and Sensation Fiction, 1830-1868". Martin Priestman, ed. *The Cambridge Companion to Crime Fiction*. Cambridge: Cambridge University Press, 2003: 19-40; F. S. Schwarzbach. "Newgate Novel to Detective Fiction". Patrick Brantlinger and William B. Thesing, eds. *A Companion to the Victorian Novel*. Malden: Blackwell Publishers Ltd, 2002: 227-243.

1830 年出版的小说《保罗·克利福德》(*Paul Clifford*)。在这部被誉为“新门派小说写作指导手册”① 的小说中，鲍沃尔-利顿为后来的作家们提供了一种容易模仿的风格范本。故事主人公克利福德也是英国历史上有名的窃贼。他从小是一名可怜的孤儿，不过命运似乎注定要把他推向犯罪道路。尽管他努力要做一名正直的好人，但邪恶的周边环境还是让他屡遭迫害，最终把他变成坏人。作者通篇没有谴责克利福德，而是用富有同情心的笔触描写他被迫走向犯罪的过程，进而把批判的矛头指向无良的社会环境。在故事最后，克利福德只是被流放美洲而免遭极刑，并在那里与心仪的情人团聚。这样的结局为其犯罪生涯添加了浪漫色彩，盗窃抢劫的罪犯变成反抗社会迫害的英雄，从而赢得读者的同情和好感。

《保罗·克利福德》的成功为其他作家提供了创作灵感。那些在历史上有名的罪犯纷纷被搜罗出来，以他们真实的犯罪经历为原型，添加更多生动的文学虚构，重新包装成更容易获得读者认同的英雄侠客传奇，关键还不能让他们在最后得到罪有应得的惩罚，以便让读者在阅读中获得一种愉悦畅快的代入体验，这就是新门派犯罪小说能够吸引读者的法宝。也正是由于鲍沃尔-利顿的“教父级”成就，新门派小说有时候也被称作“鲍沃尔式小说”。实际上，“新门派”这一称谓最初是具有贬义的，因为这类小说的主角往往都来自《新门狱历》所记载的那些卑污的不法之徒，他们根本不适合作为高雅文学的描写对象，现在却被粗劣加工并大肆兜售给品位不高的公众。虽然上层人士对它嗤之以鼻，却无法阻挡新门派小说成为整个 20 世纪 30 年代最受欢迎的小说类型，其影响力甚至超过即将远去的沃尔特·司各特以及正在崛起的狄更斯等人。

---

① F. S. Schwarzbach. “Newgate Novel to Detective Fiction”. Patrick Brantlinger and William B. Thesing, eds. *A Companion to the Victorian Novel*. Malden: Blackwell Publishers Ltd, 2002: 230.

## 二、新门派小说出现的社会历史条件

派克特（Lyn Pykett）在《剑桥犯罪文学指南》中曾指出："新门派小说及其引发的争议的意义在于，它们能够告诉我们在这个维多利亚时期关键节点上的文化焦虑以及社会、文学变化。"① 这个时间节点即是19世纪三四十年代。从整个19世纪英国文学来看，这十年恰好是一个小说大师空缺的时期：简·奥斯汀已故去十多年，司各特也即将于1832年离世，距离勃朗特姐妹及狄更斯等人的盛产期也还尚待时日。与之相对应的是逐渐壮大的文学市场，日趋成熟的小说形式正培养出有着巨大热情的读者群，他们期待有更多样化的阅读选择。出版商们自然不会错失这个市场机遇，充满紧张情节和传奇色彩的犯罪小说在这时出现可谓恰逢其时。除了这种文学方面的因素之外，促生新门派小说的其他历史变化同样值得关注。

1837年，年仅18岁的维多利亚女王正式继位。彼时的英国即将完成工业革命，在大步迈向世界头号强国地位的同时，它也开始经历社会发展所带来的一系列社会问题。由于机械化水平的不断提高，失业人口增多和工人阶级的贫困化问题变得愈加突出。大量穷困的无业游民生活在人口拥挤的城市里面。他们为了生存，往往不得不从事盗窃、抢劫和卖淫等犯罪活动。根据一项粗略统计，1745—1820年，在伦敦不到100万人口中，竟然有11.5万人靠犯罪为生。② 19世纪30年代的情况应该也差不多。不过也有研究者提出不同看法，认为当时现实生活中的犯罪率可能并不比其他时代更高，只不过由于统计方法的改进，让这些数据变得更详实了，给人造成犯罪日益猖獗的假象。实际上在整个19世纪，

---

① Lyn Pykett. "The Newgate Novel and Sensation Fiction, 1830-1868". in Martin Priestman, ed. *The Cambridge Companion to Crime Fiction*: Cambridge: Cambridge University Press, 2003: 19.

② S. Takao, ed. *Victorian Novels and Crime*. Tokyo: Otowatsurumi, 2002: 3.

英国每年因杀人罪名被处决的犯人还不到 10 例。① 但无论如何，当时的英国民众，尤其是生活在大城市的居民，却实实在在地生活在一种紧张不安的氛围中。英国社会从上到下都普遍认为一个巨大的犯罪社会正在形成。就像有人描述的："每条街道都暗含恐怖，它躲藏在各个角落里等着我。"② 如果不能找到有效的应对办法，恐怕没有人可以免受伤害。从某种意义上来说，正是这种普遍的犯罪危机感或社会焦虑症促生了新门犯罪文学的兴起，因为恐惧和担忧往往也是好奇和想象的催化剂。

小说在出版形式方面的变化也是新门小说繁荣的有利条件。在此之前，为了防止法国大革命的影响波及英国，限制那些激进思想的传播，英国政府对图书出版实行严格控制，征收很高的税率，这使得小说等书籍价格居高不下，只能在图书馆和富裕阶级传播。但自 1830 年之后，政府逐渐放宽了管制。再加上机械印刷术的普及，小说的出版成本大大降低。不仅如此，小说通过报刊连载的形式发表也流行起来，这既充分调动了读者的阅读期待，又尽最大可能地照顾到底层读者的购买能力。狄更斯的《雾都孤儿》（1837—1839）和安斯沃思的《杰克·谢泼德》（*Jack Sheppard*，1839—1840）都是通过这种出版方式取得了巨大成功。

所有上述因素叠加起来，使得 19 世纪 30 年代成为新门派犯罪小说快速繁荣的温床。但从整个英国文学发展史来看，它的繁荣也只能算是昙花一现。一方面，由于它总是有美化犯罪的嫌疑，故而招致主流舆论的强烈批判，这让年轻的作者越来越不敢创作类似风格的小说，以免成为众矢之的。另一方面，随着宪章运动的爆发，整个社会的焦点都聚集到社会改革议题上来。如果再像之前的新门派小说那样，用夸张的传奇来刺激公众的犯罪想象已然不合时宜，人们想要通过小说来直面更真实的社会问题，并思考可能的改良途径。于是新门派小说被批判现实主义

① 参见 F. S. Schwarzbach. "Newgate Novel to Detective Fiction"：229.

② Jerry White. *London in the 19th Century*. London：Vintage Books，2007：127.

所取代也就成了顺理成章的事情。

## 三、新门派犯罪小说的艺术特色

以犯罪活动作为故事的叙述焦点并非新门派小说的首创。有名的侠盗罗宾汉很早就成为英国民谣的歌颂对象，司各特在《罗布·罗伊》中也曾对这位在英国历史上很著名的造反首领进行艺术加工。但与他们相比，新门派小说在描写犯罪以及刻画犯罪者形象等方面还是有不少差异。

第一，在故事人物原型的来源上不同。虽然罗宾汉系列民谣和《罗布·罗伊》都有真实人物原型，但那也已经是十分模糊的了，与被加工出来的形象存在很大距离。而且那些虚构成分很容易被识别出来，因为它们往往带有比较明显的浪漫色彩，很多事迹超出正常可能范围。而新门派小说的主角却大多是近在身边、登记在册的罪犯，公众对他们的罪行十分了解。新门派小说的主角常为《新门狱历》中的罪犯，大多是真人真事，只不过添加了不同程度的夸张虚构。比如曾震惊英国的匪首江奈生·魏尔德就先后出现在三部作品中，分别是笛福的《魏尔德传》（*The True and Genuine Account of the Life and Actions of the Late Jonathan Wild*）、菲尔丁的《大伟人江奈生·魏尔德传》，以及安斯沃思的《杰克·谢泼德》。笛福最忠实于历史事实，菲尔丁次之，安斯沃思则以虚构为主。

第二，故事中的犯罪行为与读者之间相隔的时空距离不同。罗宾汉和罗布·罗伊的故事都是发生在遥远的过去，他们的活动中心一般都是在遥远的边疆、森林或郊外。用卢卡斯（A. Lucas）的话来说，他们都是"法外之地的不法之徒"，在远离普通百姓生活的独立王国建立属于他们自己的秩序。而新门派小说中的罪犯从时间上来说并不久远，在空间上又都活跃在城市或乡村的各个角落，"他们都是法治社会中的不法之徒和破坏性力量"①。这种近距离的时空影响了读者的阅读体验。人们读完狄更斯的《雾都孤儿》之后发现，原来伦敦城的僻街陋巷里隐藏着那么多罪恶，到处都是扒手、妓女和抢劫犯。

第三，新门派小说的道德立场往往比较含混。罗宾汉和罗布·罗伊都只是统治者眼里的罪犯，但作者和读者却更愿意把他们看作了不起的反叛英雄。而新门派小说所描写的对象却多为公认的罪犯，即便是作者也不否认。不过为了获得读者的情感认同，作者又对他们的行为进行洗白和美化，以便尽可能地把他们从违反法律的罪犯形象改造成反抗压迫的英雄。犯罪者的外貌形象经常被正面刻画，比如利顿笔下的克利福德拥有"非同一般的吸引力"，"步伐和表情都显示他非等闲之辈"，"满身的腱子肉强过一般的壮汉"，而且"内心还有许多善良大度的好品质"②。利顿描写的另一位罪犯尤金·艾若姆也是"不一般的潇洒"，"个性优雅"，"去年冬天施舍给乞丐的东西比乡绅给的还多"③。江湖大盗狄克·特平（Dick Turpin，1705—1739）在安斯沃思的小说《卢克伍德》（*Rookwood*，1834）中也被塑造成英勇果敢的首领。历史上的特平最终被处以绞刑，在小说中他却机智地逃脱层层追捕。作者甚至借一位追兵之口表达了对他的赞美："他真是个勇敢的家伙。我向来尊敬有勇气的人，不管他是谁。即便他是劫匪也同样。"④ 即便是十恶不赦的坏人，有时候也会被作者给予特殊同情。比如狄更斯在《雾都孤儿》中描写贼首费金的最后时光时，便用细腻的笔触刻画了他孤立无援的绝望心情，若非作者对他怀有一份不易觉察的同情，我们找不出别的理由

---

① A. Lucas. "*Oliver Twist* and the Newgate Novel". *The Dalhouse Review*, 1954(4): 382.

② Edward Bulwer-Lytton. *Paul Clifford*. London: Penguin, 2010: 270、272、378.

③ Edward Bulwer-Lytton. *Eugene Aram*. Rockville: Wildside Press, 2008: 17、23、26.

④ William Ainsworth. *Rookwood: A Romance*. London: George Routledge and Sons, 1970: 280.

来解释作者为何要走进这位罪大恶极之徒的内心世界。

新门派小说的最后一个明显特征便是“煽色腥”风格。为了增加故事趣味性，带给读者更强烈的感官体验，作者经常会把大量笔墨用在描写紧张刺激的场面上，血腥的杀人现场和惊悚的恐怖氛围大量出现。在这一点上，新门派小说与之前的哥特小说可谓不相上下。比如在《杰克·谢泼德》中有这么一段描写：

> 随着信号发出，那个犹太人悄悄而迅速地冲到罗兰德爵士身后，把一块布蒙到他头上。与此同时，江奈生冲到他前面，用一根短棒朝他脸上连续猛击一阵子……那个人在受伤之后拼命挣扎，在绝望中掀翻桌子，还扯掉了蒙在头上的布，露出一张血肉模糊的恐怖面庞。这景象实在太恐怖，就连这两位早已对杀人场景见多不怪的人也被吓住了。①

狄更斯在《雾都孤儿》中也曾大篇幅地描写赛克斯杀害南希，以及他后来在逃跑过程中不慎落入绳套被绞死的景象，在此我们不再过多引述。

我们在这里只是大致勾勒出新门派小说的艺术特征，这并不等于说所有这类小说都严格遵守这几个方面。其中必然存在个体差异。比如狄更斯的《雾都孤儿》虽然也被视为新门派小说的经典之作，但他在描写犯罪世界的真实性方面远远超过鲍沃尔-利顿和安斯沃思的作品，对罪犯的美化和同情也做到了最低限度，尽管在一些批评家眼里，狄更斯做得还远远不够。

## 四、新门派小说引发的批评争议

从一开始，新门派小说在取得巨大市场成功的同时，就遭受到猛烈

① William Ainsworth. *Jack Sheppard*. London: Penguin, 2010: 381-382.

的批评。由于这类作品对阴暗的犯罪活动和底层社会有着异乎寻常的暴露，也就打破了由不断进步的工业革命在整个社会制造出歌舞升平的繁荣假象。而它们对犯罪活动的浪漫化处理也让很多人感到无法接受。时任英国首相的墨尔本子爵在刚读到《雾都孤儿》一半时便读不下去了，并感叹说："这里面全都是些济贫院、棺材匠、小偷……我不喜欢这种下作的风格……我认为它无益于提升道德；我不喜欢这种贬损人类的视角……我讨厌这些东西，我想躲开它们。我不喜欢现实生活中的它们，因此也不希望看到它们出现在小说中。"① 墨尔本首相的话很能代表上层统治者对待新门派小说的态度。他们很担心读者会受到误导，认同那些犯罪英雄，甚至向往那种被浪漫化了的犯罪生活，进而像奥提克（R. D. Altick）所指责的那样"损害公共安全"②。

1840 年 5 月 7 日在伦敦发生的一起谋杀案更是把反对新门派小说的呼声推至顶点。在这一天，71 岁的拉瑟尔伯爵被其 21 岁的男仆库瓦西耶所害，后者用一把剃须刀割断了主人的喉咙。据库瓦西耶交代，起因是拉瑟尔嫌弃他干活不利索，他担心这会坏了他的名声并影响他以后找到新雇主。作案后库瓦西耶还制造了入室抢劫的假象以迷惑他人。最让公众感到震惊的是，库瓦西耶声称自己是从安斯沃思的小说《杰克·谢泼德》中获得的作案启发。不过他的话也许并不可信，因为在他后来的几次陈述中没有再提及这件事。即便如此，这已足以给那些反对新门派小说的人们提供证据。英国政府甚至一度下令禁止继续出版或上演与谢泼德相关的任何小说或剧目。自 1840 年以后，绝大多数作家不再敢创作类似风格的作品，以免成为公共批判的目标。就连曾经与安斯沃思结成亲密朋友，并且公开赞扬鲍沃尔·利顿的《保罗·克利福

① V. Esher. *The Girlhood of Queen Victoria: A Selection from Her Majesty's Diaries between the Years 1832 and 1840*. London: John Murray, 1912: 265.

② R. Altick. *Victorian Studies in Scarlet: Murders and Manners in the Age of Victoria*. London: Dent, 1972: 73.

德》是“一部值得尊敬的伟大小说”① 的狄更斯也开始与新门派拉开距离，并且自《雾都孤儿》之后再也没有创作第二部新门派小说。

不可否认，大多数新门派小说对犯罪有或多或少的浪漫化渲染。即便没有美化那些不法之徒，至少也是把他们的行为传奇化了。虽然说这并不一定会教唆某些读者效仿，但对那些特别看重文艺作品道德立场的批评者来说，新门派小说绝对算不上有价值的艺术作品。例如潘图考瓦（L. Pantúčková）就认为它们“不值得批评关注”，不过是在一个大师空缺的年代趁机出现的“最低级的文学作品”②。斯科瓦兹巴赫（F. S. Schwarzbach）则把新门小说的流行归结为在那个特殊社会历史条件下出现的“公众品位问题”③，并且表示对这种低级品位不敢恭维。在很长一段时间内，对新门派小说的这种负面评价都占了上风，似乎认定它们就是走俏一时的文学垃圾，无需再去翻案。但近几十年来随着人们对犯罪文学研究热度的持续升温，新门派小说在犯罪文学兴起的初期阶段所作出的重要贡献正在得到重新评价。

# 结 束 语

实际上，从整个英国文学发展历程来看，新门派小说出现的年代也刚好是大规模的文学消费市场走向成熟的年代。中产阶级的规模不断壮大，受过一定教育、有一定空闲时间的工人阶级数量也在急剧攀升，再加上印刷和出版成本的不断下降，这些为通俗文学与高雅文学的分裂创造了条件。派克特说得非常好：“19 世纪 40 年代围绕新门派小说的争端在部分上也是有关小说可以（或者应该）再现什么，不可以（或者

① L. Pantůčková. “The ‘Newgate School’ of Romance and Its Place in the English Literature of the Eighteen-thirties”: 103.

② L. Pantůčková, “The ‘Newgate School’ of Romance and Its Place in the English Literature of the Eighteen-thirties”. *Brno Studies in English*, 1959 (1): 103.

③ F. S. Schwarzbach. “Newgate Novel to Detective Fiction”: 234.

不应该）再现什么，以及运用何种再现方式和形式的争端……也是一场关于小说影响的争端。"① 随着工业和经济的不断发展，教会正日渐失去对社会道德力量的控制，小说逐步取代《圣经》成为影响公众的重要精神力量。作为上层阶级的统治者自然希望作家们能把小说的道德教谕功能放在首位，把它作为引人向善的有效工具。但新门派作家却是前所未有地要把娱乐功能作为文学创作的首要考量。我们在前文所总结出的新门派小说的几个艺术特征恐怕也都与这种创作动机有根本联系。

在此必须指出的是，新门派小说也并非只关心作品的娱乐性而全然不顾其他，比如社会批判功能。这一点在鲍沃尔-利顿那里体现得尤为明显。他并没有像资产阶级的道学家那样把犯罪根源归咎于不可救药的卑劣天性，比如懒惰和贪婪等，而是有意识地把犯罪与社会环境联系起来。他经常把犯罪描写成某些社会条件下的被迫选择，比如贫穷、饥饿，以及不公正的法律制度等，从而唤起读者对犯罪者的同情，反思自身以及整个社会有关犯罪动机与本性的假设，进而"找出任何来自社会制度方面的具体错误的不良影响"②。甚至由此去探索司法和社会体制的改良途径。例如他在《保罗·克利福德》中直接讥讽英国法律："英国法律的独特好处在于，它从不在邪恶与不幸之间做任何无意义的细致区分。它保护好人的特殊办法就是在最短时间内制造最多的流氓无赖。"③ 此外，小说中也随处可见作者对腐败的司法和社会制度的批判，认为它们过于偏袒富人。正因如此，鲍沃尔-利顿的《保罗·克利福德》才被誉为"一部维多利亚社会问题小说的典型……探究了犯罪与刑罚问题，抨击了继续改革的司法体制"④。当然，在鲍沃尔-利顿这里，这种社会批判功能是第二位的，不会为了它而减损作品的娱乐性。这也导

① Lyn Pykett. "The Newgate Novel and Sensation Fiction, 1830-1868": 31.

② Edward Bulwer-Lytton. *Pamphlets and Sketches*. London: The Knebworth Edition, 1875: 328.

③ Edward Bulwer-Lytton. *Paul Clifford*: 85.

④ Lyn Pykett. "The Newgate Novel and Sensation Fiction, 1830-1868": 22.

致有些人的误解和批评，认为鲍沃尔-利顿言行不一，他所谓的社会批判目的纯粹是“空洞花哨的说辞”①，但到了狄更斯的《雾都孤儿》那里，社会批判性显然占了上风。尽管在有些人看来，狄更斯还是不时地在那些有新门派痕迹的娱乐性要素上加重笔墨。②

不论新门派犯罪小说存在怎样的不足，它的重要性还是不容抹杀。就像托马斯（Ronald Thomas）所评价的那样：“它们在英国小说史上的最主要贡献便是把犯罪确立为严肃文学的合法主题。”③ 虽然它们只辉煌了短暂的十年便匆匆谢幕，但随后侦探小说便于1841年宣告诞生却是公认的事实。值得一提的是，狄更斯在因为《雾都孤儿》的新门派风格而备受批评之后，他的转型之作《巴纳比·拉奇》（*Barnaby Rudge*，1841）又成了与爱伦·坡的《莫格街谋杀案》（*The Murders in the Rue Morgue*，1841）齐名的侦探文学发端之作。或许这并非简单巧合。如果没有新门派小说做出的探索和铺垫，可能犯罪与惩罚——这一对让现实生活中的人们永远着迷的话题——还需要更长时间才能进入文学世界，并发展成为经久不衰的畅销小说门类。

---

① L. Pantůčková. “The ‘Newgate School’ of Romance and Its Place in the English Literature of the Eighteen-thirties”：104.

② P. Collins. “Dickens and Murder”. Fred Kaplan, ed. *Oliver Twist：Authoritative Text, Backgrounds and Sources, Early Reviews, Criticism*. New York：W. W. Norton & Company, 1992：458.

③ R. Thomas. “Detection in the Victorian Novel”. Patrick Brantlinger and William B. Thesing, eds. *A Companion to the Victorian Novel*. Malden：Blackwell Publishers Ltd, 2002：176.

# 第八章
# 狄更斯、《雾都孤儿》与新门派犯罪小说

## 引　言

著名犯罪文学研究专家斯科瓦兹巴赫（F. S. Schwarzbach）在《从新门派小说到侦探小说》一文中曾提到一段有趣的往事：1839 年元旦之日，刚登上王位两年的维多利亚女王在接见首相墨尔本勋爵（Lord Melbourne，1779—1848）时，两人谈到了她刚刚读到的一部小说，里面描绘了很多发生在伦敦的卑劣的犯罪、腐败的社会和肮脏的生活，这些是她前所未闻的，因此让她感到十分震惊，并要求墨尔本首相也要亲自去读一遍这部小说，或许是为了让他更多地了解伦敦城不为人知的阴暗一面。没想到墨尔本首相在回去之后刚读了一半就坚持不下去了，他后来向女王抱怨说："这里面全都是些济贫院、棺材匠、小偷……我不喜欢这种下作的风格……我认为它无益于提升道德；我不喜欢这种贬损人类的视角……我讨厌这些东西，我想躲开它们。我不喜欢现实生活中的它们，因此也不希望看到它们出现在小说中。"① 这部让女王震惊、让首相厌恶的小说就是狄更斯的《雾都孤儿》。

作为 19 世纪现实主义文学的代表作，《雾都孤儿》的经典地位在

---

① 参见 F. S. Schwarzbach. "Newgate Novel to Detective Fiction". Patrick Brantlinger and William B. Thesing, eds. *A Companion to the Victorian Novel*. Malden: Blackwell Publishers Ltd, 2002: 230.

今天已经被牢固确立，但它在刚刚问世的前十多年里，境遇却与今天大不相同。女王与首相分别代表了当时两种典型反应。一方面，大量读者像涉世不深的年轻女王①那样，在欣赏其扣人心弦的故事情节的同时，也被小说中描绘的那些龌龊的丑恶现实所震惊。另一方面，以墨尔本首相为代表的更世故、“更有教养的”读者却反感狄更斯用这些见不得阳光的罪恶行为为题材，败坏了读者品位，影响社会风气，并由此对狄更斯大加指责。造成这种分歧的原因是多方面的，首先是狄更斯与生俱来的对待犯罪问题的矛盾态度，以及他与当时流行的新门派犯罪小说之间的复杂关系。这些正是我们在下一节讨论的重点。

## 一、狄更斯与犯罪主题

无论是在现实生活还是文学创作中，刑事犯罪都是让狄更斯十分关注甚至着迷的话题。这主要来自两个方面的原因：一是狄更斯所处的时代背景。19 世纪的英国在取得工业革命胜利的同时，也在承受社会发展所带来的巨大负面代价。失业人口激增、社会治安状况恶化、司法体制腐败且效率低下，“犯罪活动持续且不间断地增加”②，这导致居住在伦敦这种大城市的人们尤其缺少安全感，似乎总是生活在被犯罪威胁的巨大阴影中，因而渴望通过各种渠道，包括官方披露的新闻报道、文学想象和戏剧表演等，来了解身边隐藏的犯罪世界。这在狄更斯身上体现得尤为明显。在成为著名作家之前，狄更斯曾长期是一名成功的记者和杂志编辑，而且非常热衷于报道发生在身边的各种犯罪新闻。他的朋友萨拉（George Sala）曾如此回忆说：“他总喜欢谈论最新上演的（犯罪题材）戏剧，刚刚发生的、让人兴奋的审讯和案件、让整个社会狂

① 当时的维多利亚女王刚满 20 岁。

② 转引自 Martin J. Wiener. *Reconstructing the Criminal*: *Culture*, *Law and Policy in England*, *1830-1914*. Cambridge: Cambridge University Press, 1990: 14.

热的大骗子，特别是最近出现的杀人犯和最新的鬼怪话题等。”① 每当狄更斯去外地旅行，包括 1842 年的那次著名的美国之旅，他都必关注发生在当地的刑事犯罪讯息。由他担任主编的几家报刊，从早期的《本特利氏杂志》（*Bentley's Miscellany*）、《每日新闻》（*Daily News*），到后来的《家常话》（*Household Words*）和《一年到头》（*All the Year Round*），都曾发表大量涉及司法和犯罪题材的文章。

不幸的个人经历则是影响狄更斯迷恋犯罪话题的另一个重要原因。狄更斯的悲惨童年生活早已为人熟知。早年因为父亲欠债被捕入狱，狄更斯在亲友介绍下进入一家鞋油厂工作。这段经历给他的心理留下抹不去的巨大创伤，他每时每刻都比常人更能体会到来自犯罪世界的巨大威胁，稍不留神自己可能就会坠入魔窟，成为它的帮凶或受害者。狄更斯后来曾自述道：“要不是上帝慈悲，少给我哪怕一丝关爱，或许我很容易就变成了一个小抢劫犯或无赖。”② 更为重要的是，这段经历还造成了威尔逊（Edmund Wilson）所说的狄更斯在犯罪问题上的“双重态度”：

> 对于一个被残酷的社会摧毁了童年，但精神高贵的人来说，出现下面这两种反应态度是很正常的：一是犯罪者的态度，二是反叛者的态度。在狄更斯的想象中，他却要扮演双重角色，并且终其一生都把它们融入到自己强烈的情感中……他会毫不迟疑地认同于盗匪，甚至更加欣然地同情杀人犯。③

① 转引自 Philip Collins. *Dickens and Crime*. London：Macmillan and Co. Ltd，1962：1.

② 转引自 Philip Horne. “Crime in *Oliver Twist*.” http：//www. bl. uk/romantics-and-victorians/articles/crime-in-oliver-twist.

③ Edmund Wilson. *The Wound and the Bow*. Boston：Houghton Mifflin，1941：15-16.

与大部分人一样，狄更斯也痛恨犯罪，知道它是对公共安全和正义的损害，但他没有像资产阶级的道学家那样，仅仅把犯罪归咎于穷人身上的懒惰和贪婪等邪恶品性（虽然他在早期也认为人在天性上是有好坏之分的），而是看到了缺乏正义的社会制度在制造犯罪方面的催化作用。所以狄更斯才会像其好友兼传记作者福斯特（John Foster）所说的那样，“对犯罪有一种直觉性的理解”①。

狄更斯在犯罪问题上的复杂态度还典型地体现在他对新门监狱（Newgate Prison）的看法上。新门监狱是英国历史上最著名的监狱，始建于罗马统治时代，自 12 世纪开始用于关押重要犯人。监狱里面的条件非常恶劣，而且管理方式也很野蛮。1835 年，时年 23 岁的狄更斯以记者身份获准进入这座监狱参观。在被里面的糟糕状况震惊之余，他回头写下了著名的报道文章《探访新门监狱》（*A Visit to Newgate*），收集在他的第一部作品集《博兹素描集》里面，该文被誉为“这部书中最优秀的篇目……高度的道德情感和绝妙优雅的文笔贯彻全文，一定会给读者留下深刻、持久的印象”②。在这篇文章中，狄更斯重点描述了那些被关押在监狱里的囚犯，男女老少皆有，有的在等待审判，也有的即将面临处决，他们一个个都是面如死灰、行将就木。但不管怎样，狄更斯都尽量用一种饱含理解和同情的笔触去描写他们。在他眼中，他们虽身负各种罪名，但都不过是“身陷囹圄的不幸之人”“被忽略的无助生灵”③。站在他们面前，狄更斯能够想到他们对世界的绝望，以及给亲人造成的痛苦。在文章最后，他甚至邀请读者和他一起走进罪犯的内心世界，把自己想象成一位即将被处决的死刑犯，想象性地体验那种绝望

---

① 转引自 Philip Collins. *Dickens and Crime*. London：Macmillan and Co. Ltd，1962：216.

② 转引自 Philip Collins. *Dickens and Crime*. London：Macmillan and Co. Ltd，1962：27.

③ Charles Dickens. “A Visit to Newgate”. http：//charlesdickenspage. com/visit_newgate. html.

无助的心情。

这次参观显然给年轻的狄更斯留下了深刻印象。在他后来的作品中经常出现与新门监狱有关的情节，并且不断对其所代表的腐败司法体制表示批判。比如在《双城记》中他抨击道：

> 这个监狱极为恶劣，简直无恶不作，而且滋生着种种可怕的疾病……此外，（它）还以一种死亡客店的场院闻名于世……还因木枷而著称，这是一种大智大慧的古老刑具，施加的惩罚令人难以估量；它也因鞭人柱而著称，这是另外一种亲切可贵而又古老的刑具，运用中看来甚为人道，使人心性柔和；它又因血腥钱的广泛流行而著称，这是有一种祖传的智慧，由此一步步导致一桩桩天下最可怕的图财害命的罪行。①

在《远大前程》中，狄更斯又称其为“一幅肮脏、丑陋、混乱、让人沮丧的景象”②。他在《巴纳比·拉奇》中则更直接地点明司法腐败与犯罪之间的关系，“正是由于糟糕的刑罚和监狱管理方式，以及最难以想象的警察队伍，才造成了伦敦的这些渣滓和败类”③。在这部小说的后半段，暴民们在休、丹尼斯和鲁吉等人的率领下攻破了新门监狱，释放了所有被关押在里面的囚犯。小说中有关这一场景的描写非常生动，与其说狄更斯是为了渲染暴力，不如说在借此释放自己压抑在心的愤懑，对象征暴力统治和社会压迫的新门监狱进行一种想象式的摧毁。作为伦敦最负盛名的古老监狱，新门监狱既是稳定秩序的保证，同时也是统治者的暴力象征，里面既囚禁着各种不法之徒，也有很多像当年狄更

① 狄更斯著，石永礼、赵文娟译：《双城记》，人民文学出版社 2018 年版，第 58 页。此处译文略有改动。

② Charles Dickens. *Great Expectations*. New Delhi：Penguin Classics，1994：246.

③ 狄更斯著，高殿森等译：《巴纳比·鲁奇》，上海译文出版社 1998 年版，第 437 页。

斯负债的父亲一样因为一些小过错而被关押的各种苦命人。他在给朋友的信中不无兴奋地谈到自己写作时的感受："我把新门监狱中的囚犯全都放了出来，让他们烧毁了曼斯菲尔德勋爵的庄园，像魔鬼一般四处作恶……我写作时似乎感到身边烟雾弥漫。"① 这说明狄更斯在潜意识中对受害者的反抗带有一些同情。

总之，不幸的个人经历再加上特殊的时代环境，刺激了狄更斯对待犯罪问题的浓厚兴趣和复杂态度。从最早的《博兹素描集》到最后未完成的《艾德温·德鲁德之谜》，我们几乎在他的每一部作品中都可见到"他对犯罪、罪犯和监狱的迷恋"②。但其中最有代表性，也引起争议最多的莫过于《雾都孤儿》。

## 二、《雾都孤儿》与新门派犯罪小说

凭借《博兹素描集》和《匹克威克外传》取得的巨大成功，狄更斯以其轻松幽默的文字征服了广大读者，一跃成为当时最知名的记者兼作家。1837 年 1 月，由狄更斯担任编辑和主要撰稿人的《本特利氏杂志》创刊。为了吸引读者，狄更斯从 2 月即开始连载他真正意义上的第一部长篇小说《雾都孤儿》。不出所料，凭借之前他为自己奠定的好名声，《雾都孤儿》取得了巨大的市场成功，也让《本特利氏杂志》迅速成为最热销的杂志之一。但让读者惊讶的是，虽然《雾都孤儿》在幽默讽刺方面保留了狄更斯熟悉的风格，却也用前所未有的无情笔触揭露了伦敦生活的罪恶一面，让包括首相墨尔本在内的很多读者感到厌恶。

小说中与当时流行的新门派犯罪小说最相似的地方之一是对"造

---

① 转引自 Jon Mee. "*Barnaby Rudge*". David Paroissien, ed. *A companion to Charles Dickens*. Malden: Blackwell Publishing Ltd., 2008: 340.

② Lyn Pykett. "The Newgate Novel and Sensation Fiction, 1830-1868". Martin Priestman, ed. *The Cambridge Companion to Crime Fiction*. Cambridge: Cambridge University Press, 2003: 27.

反学徒”叙述套路的运用。在17世纪以来的形形色色的罪犯传记中，最常见的一个故事情节就是学徒造反的故事：出身低微的穷苦孩子在师傅家里做学徒，因为好吃懒做且不愿服从管教，在坏人的引诱下做出反抗，打伤师傅逃出家门，落入贼伙，日渐堕落，最终被抓获送上绞架。这样的故事屡见不鲜。最广为人知的就是约翰·谢泼德（John Sheppard，约1702—1724）的故事。他曾是一名木匠学徒，因为受坏女人引诱而打伤师傅逃出家门，后来成为一名非常狡猾的窃贼，但最终被捕后处以绞刑。他因为多次不可思议的成功越狱而成为英国家喻户晓的传奇人物。包括丹尼尔·笛福在内，很多人都曾写过他的传记。① 在《雾都孤儿》中，小奥利弗被教区治安推事邦布尔送给棺材铺老板苏尔伯雷做学徒，但从进店第一天起就不断遭受苏尔伯雷夫人及同为学徒的诺亚和女仆夏洛蒂的欺辱，后来终于因为忍无可忍而爆发反抗，打伤诺亚后逃出家门。在传统的罪犯传记中，这是一个标准的开篇套路。接下来的故事发展也非常符合读者对学徒造反故事的阅读期待：小奥利弗被费金等人诱骗进入贼窝，教他一些扒窃的技巧，同时还给他看一些罪犯传记故事，试图从心灵上毒化他，让他接受犯罪“文化”的熏陶。尽管狄更斯在余下的故事中没有再继续重复罪犯传记的套路——小奥利弗没有堕落成为费金的帮凶并走上绞架，而是继续反抗并侥幸被布朗罗和梅莱夫人搭救，成为正派好人——但对于熟悉了“学徒造反”故事的读者来说，还是很容易看出《雾都孤儿》与罪犯传记的相似之处。

一时之间，围绕《雾都孤儿》的道德立场问题的争议四起。很多人认为狄更斯是在模仿当时很流行的新门派犯罪小说。虽然他没有像爱德华·鲍沃尔-利顿（Edward Bulwer-Lytton，1803—1873）和威廉·安斯沃思（William Ainsworth，1805—1882）等新门派作家那样刻意美化犯罪，却同样把大量笔墨用在传奇化描写犯罪活动上，而且“显示出

① 参见 Philip Rawlings. *Drunks, Whores and Idle Apprentices: Criminal Biographies of the 18th Century*. London: Routledge, 2005: 34-41.

支持、同情或者浪漫化重罪犯，并且嘲讽法律的同样倾向”①。狄更斯在小说中讥讽法律、警察和监狱的例子有很多，这让人怀疑他是站在罪犯立场上说话。比如在他第 11 章写道：

> 在我们的警察局里，每天夜里都有无数男男女女因为芝麻绿豆大的罪名——这“罪名”一说值得关注——就给关进了地牢，与此相比，新门监狱那些经过审讯、定罪、宣判死刑的最最凶暴残忍的囚室简直算得上宫殿了。
>
> 尽管法律的各位守护神在这类衙门里对女王陛下的臣民，尤其是对较为贫困的臣民的自由、名誉、人品，乃至于生命滥施淫威，尽管在这四壁之内，荒唐得足以叫天使们哭瞎双眼的把戏日复一日，衍演无穷，这一切对于公众却始终是秘而不宣的，除非通过每天的报纸泄露出去。②

狄更斯没有像鲍沃尔-利顿和安斯沃思那样在小说中公开为犯罪行为开脱，不过他在描写费金和赛克斯这两大恶棍的最终结局时，却还是添加了几分同情。他用近似意识流的手法进入他们的内心世界，表现出他们的孤独、绝望和无助。这不但在很大程度上冲淡了读者产生的罪有应得的痛快之感，还会不自觉地对他们生出一些惋惜和同情。狄更斯对赛克斯的情妇南希和“逮不着的机灵鬼”达金斯的偏袒更为明显。前者深陷魔窟却保留着可贵的善良天性，让人不忍心把她与无耻的妓女联系起来；后者盗窃手法超群，为人机灵圆滑，总能在危急时刻全身而退。他被捕后站在被告席上戏耍法官的一幕尤其让人印象深刻，最后只得到被流放美洲的较轻处罚。这些都是新门派小说家常用的手法，

① Alec Lucas “Oliver Twist and the Newgate Novel”. *The Dalhouse Review*, 1954 (4): 384.

② 狄更斯著，何文安译：《雾都孤儿》，译林出版社 2010 年版，第 63、67 页。

其根本目的不过是为原本龌龊的犯罪活动增添几分魅力，调动读者兴趣。

另外值得一提的是狄更斯与新门派的两位代表人物鲍沃尔-利顿和安斯沃思之间曾长期保持非常密切的私人关系，他们在创作理念和追求上也有不少相同之处。狄更斯曾公开赞扬鲍沃尔-利顿的《保罗·克利福德》（*Paul Clifford*，1830）是一部“值得称颂的伟大作品”①。他还同意在自己主编的《本特利氏杂志》上连载发表安斯沃思的小说《杰克·谢泼德》（*Jack Sheppard*，1839—1840），并且该小说在连载刊期上与他的《雾都孤儿》至少有4个月以上的重合期。更巧合的是，这两部小说的插图还都是由当时著名的画家乔治·克鲁克香克（George Cruikshank）一手绘制。这些客观因素无疑加深了人们对狄更斯作为新门派作家的印象。而新门派小说在当时虽然十分畅销，却因其对犯罪活动的过度美化和包装，以及模糊的道德立场而受到公众舆论的强烈抨击。于是这种批评自然也波及狄更斯身上。有人撰文声称《雾都孤儿》“有伤风化，是对常识常理的恶意诽谤”②。还有一位伦敦警察局局长声称他抓到的一个少年犯罪团伙都是因读了这种小说而学坏的，“每到周末，他们便聚到一起玩扑克、多米诺骨牌、猜硬币、读《杰克·谢泼德》《雾都孤儿》《玛莎·威利斯》以及类似读物，并制订抢劫计划”③。

自《雾都孤儿》问世以来，尽管人们在这部小说再现犯罪的方式和角度等问题上存在褒贬不一的看法，大部分人却认可把它归为新门派

① 转引自 Lidmila Pantůčková. “The Newgate School of Romance and Its Place in the English Literature of the Eighteen-thirties”. *Brno Studies in English*, 1959（1）：106.

② 转引自 Alec Lucas. “*Oliver Twist* and the Newgate Novel”：386.

③ 转引自 Philip Collins. “Dickens and Murder”. Fred Kaplan, ed. *Oliver Twist*: *Authoritative Text*, *Backgrounds and Sources*, *Early Reviews*, *Criticism*. New York: W. W. Norton & Company, 1992：456.

小说类别。基本上在介绍新门派小说的著述中，都会有较大篇幅用于介绍狄更斯及其《雾都孤儿》。虽然到了今天，人们已不再像当初那样对新门派小说抱有偏见，但对狄更斯而言，这样的归类肯定还是会让他大为失望。

## 三、狄更斯与新门派的区别与联系

狄更斯对于公共舆论贴在他身上的新门派作家标签感到非常恼火。他在写给朋友的信中表达了自己的不满：

> 我的某些傻瓜论敌很不公正地把我错误划入安斯沃思的行列，指责我写了一部与他的风格类似的书。对于这些死脑筋及其火力集中的谎言，我本该找个更早的机会做出温和一点的回应。我要是早有这么一个机会并做些澄清的话，现在也就不会反对那些针对最近让人惋惜的《杰克·谢泼德》的批评了。但我现在非常不愿意这么做，因为这会让我看起来很不厚道，不够仗义，好像我为了洗白自己而要刻意撇清与那个派别的关系似的。①

也正是从这一年开始，狄更斯与安斯沃思的交情逐渐出现裂隙。表面上的原因是两人在后者接替狄更斯担任《本特利氏杂志》编辑问题上出现的误解和分歧，深层原因却是因为狄更斯认识到了自己与新门派的差异，并想与之拉开距离。等到了 1841 年，两人的来往基本断绝。狄更斯感到不必再碍于情面而掩饰自己的态度，于是趁着《雾都孤儿》发行第三版的机会，写了一篇很有名的序言，既是为了“解释

① 转引自 Keith Hollingworth. “The Newgate Novel and the Moral Argument, 1830-1847”. Fred Kaplan, ed. *Oliver Twist*: *Authoritative Text*, *Backgrounds and Sources*, *Early Reviews*, *Criticism*. New York: W. W. Norton & Company, 1992: 476.

一下我的创作意图和目标"①，更是为了澄清自己与新门派作家的不同。

在这篇序言的开头部分，狄更斯首先表明自己早就预料到那些习惯站在很高的道德立场上的人们会批评他，因为他在小说中描写的大部分人物是"来自伦敦居民中最可耻、堕落的群体"，难免会让一些读者感到"粗俗和震惊"。他们在平日只看到伦敦城光鲜繁荣的表面，却选择性地忽视了其肮脏龌龊的一面。他之所以敢于再现这些让人讨厌的东西，就是因为他坚信"从最可耻的恶中也可以获得最纯洁、最好的一课"，即便是"生活的纯粹渣滓"，也可以"服务于道德上的目的"。在此之前，读者早已习惯了新门派小说对犯罪活动的浪漫化再现手法：匪徒被刻画成气度不凡、仪表堂堂的侠义之士，他们身手敏捷、智勇双全，屡屡用出其不意的举动戏耍缉捕人员。这些当然是纯粹夸张虚构的产物，与现实中的犯罪活动有天壤之别。但正因为其明显的不真实性，才保证了它们与真实生活之间的审美距离，很多读者也才甘愿被其所骗。但狄更斯却拒绝讨好这种欣赏品位。他就是要如其所是地再现犯罪，"展示其所有堕落、糟糕的方面"。只有这样，才是他作为一名严肃作家"带给社会的益处"。也就是说，狄更斯认为他与新门派作家之间最大的区别就在于是否坚持现实主义。

然而正如我们在前文提到的，也有不少人认为狄更斯对犯罪行为的描写并不像他声称的那样真实，而是也渲染了不少传奇色彩。不过总体而言，狄更斯小说中的现实主义手法还是占了上风。即便他偶尔也会增添一些"煽色腥的"情节元素——突出表现在描写南希遇害以及赛克斯逃亡的章节——其目的"也还是为了真实而非浪漫化的犯罪

① Charles Dickens. "The Author's Preface to the Third Edition". http://www.pbs.org/wgbh/masterpiece/olivertwist/tg_preface.html. 本章以下皆出自该文献的引文，将不再单独另注。

描写"①。与新门派作家相比，狄更斯笔下的伦敦更接近现实生活中的伦敦，"把这座英国大都市的污秽之所活灵活现地展现在我们面前"②。

狄更斯与一般新门派作家的另一个不同之处就在于，他在写作中总是有清晰的批判目标或社会责任意识。正如斯奎尔斯（Paul Squires）所指出的，创作《雾都孤儿》时的狄更斯还是一位"热情高涨的社会改革者"，他的小说"拥有一个强大的说教和改良使命"③。狄更斯揭露伦敦的丑恶现实并非为了哗众取宠，而是要唤起整个社会的改良意识，推动实施在贫民救济和刑罚制度等方面的改进。基于他自身的童年经历，他描写的奥立弗在济贫院的悲惨遭遇让人印象深刻。就在小说问世后不到 3 年，英国议会即通过了关于未成年犯罪处罚的修订案，给那些犯罪少年更多关爱和教育，取代之前几乎与成人同样的严厉惩罚，这不能不说有狄更斯的一定功劳。

## 结　束　语

或许我们用考林斯的一句话最能概括狄更斯与新门派的关系，那就是："尽管狄更斯与新门派有很多差别，但他依然属于这个派别。"④若没有狄更斯，整个新门派犯罪小说无疑会像那几部早已乏人问津的作品那样被淹没在 19 世纪浩瀚的文学海洋里。不幸的人生遭遇加上特殊的时代环境，复合成了狄更斯对犯罪题材的持久兴趣，也使他很容易在新门派犯罪小说找到共鸣点。但强烈的现实主义情结以及社会批判意识又让他很快认识到自己与新门派之间的区别，并在自我坚持的道路上尽

① Lauren Gillingham, "The Newgate Novel and the Police Casebook". Charles Rzepka and Lee Horsley, eds. *A Companion to Crime Fiction*. Chichester: Wiley-Blackwell, 2010: 95.

② Paul Squires. "Charles Dickens as Criminologist". *Journal of Criminal Law and Criminology (1931-1951)*, 1938 (2): 183.

③ Paul Squires. "Charles Dickens as Criminologist": 182、192.

④ Philip Collins. "Dickens and Murder": 458.

力克服新门派的局限，用《雾都孤儿》为这一文学阵营添加上一颗最璀璨的明珠。所以霍灵沃思才做出了这样的论断："无论新门派小说的成功在多大程度上要归于社会环境或文学风向，它都更要归功于 19 世纪 30 年代一位对犯罪行为怀有深切兴趣的作家（指狄更斯）的到来。"①

① Keith Hollingworth. "The Newgate Novel and the Moral Argument, 1830-1847": 475.

# 第九章
# “一个另类种群”：《雾都孤儿》中的犯罪阶级想象

## 引　言

当奥利弗作为棺材店学徒第一次跟随苏尔伯雷先生外出办丧事时，狄更斯对他们沿途看到的景象作了一番细致描写：

> 他们穿过本城人口最稠密的居民区，走了一程，接着加快脚步，来到一条比先前经过的地方还要肮脏、破败、狭窄的街上，他们走走停停，找寻他们此行的目标居住的房子。街道两边的房屋又高又大，然而非常陈旧，住户都是赤贫阶层，不用看偶尔遇到的几个男人女人脸上的苦相，光是看看这些房子破败的外观就可以看出这一点。行人拢着双臂，弓腰驼背，走路躲躲闪闪。大多数房子带有铺面，可是都关得紧紧的，一派衰朽破败的样子，只有楼上用来住人。有些房屋因年久失修，眼看要坍倒在街上，就用几根大木头一端撑住墙壁，另一端牢牢地插在路上。就连这些无异于猪栏狗窝的房子看来也被某些无家可归的倒霉蛋选中，作为夜间栖身的巢穴，因为许多钉在门窗上的粗木板已经撬开，留下的缝隙足以让一个人进进出出。水沟阻塞不通，恶臭难闻，正在腐烂的老鼠东一只

西一只，就连它们也是一副可怕的饿相。①

这是早期现代工业文明制造出的典型城市贫民区景象。它街道狭窄，路面肮脏，光线幽暗，迷宫一般的房屋布局似乎就是为了隐藏各种丑恶事物。对年幼的奥利弗来说，这一片神秘区域让他感到既害怕又好奇。正是这种复杂的感觉驱使他不断把目光投向贫民区深处。他不只看见破败的房屋、拥挤的街道，还注意到在里面行踪诡秘的居民，以及他们“脸上的苦相”。类似的贫民区景观描写在小说中还出现过多次，② 并且每次都不仅展示其污浊破败，而且暗示了其居民在道德和法律上的可疑。比如当奥利弗第一次被达金斯带到费金的老巢时，他也“好几次不由自主地往经过的街道两侧偷眼望去”，他不仅看到狭窄泥泞的街道、无人照看的孩子、酗酒滋事的男女，更注意到“有好几户的门口，一些凶相毕露的家伙正小心翼翼地往外走，一看就知道不是去干什么好事或者无伤大雅的事”（51）。

如果说上面所引的两幅景象都可被看作出自奥利弗的视角，体现了作为儿童的他对陌生地域的恐惧、想象甚至偏见的话，那么狄更斯在小说第 26 章以全知叙述视角对费金贼窝的描写却无疑体现了作者本人的“某种叙述立场或道德判断”③：

巷内好几家肮脏的铺子里都摆着一扎扎种类齐全、花色繁多的旧丝手绢，从小偷手里收购这些东西的商贩就住在铺子里。千百条手巾在窗外的竹钉上晃来晃去，或者在门柱上迎风招展，货架上也

① 狄更斯著，何文安译：《雾都孤儿》，译林出版社 2010 年版，第 32 页。本章下文出自同一小说版本的引文，将随文直接标出页码，不再另注。

② 小说中的其他贫民区景观描写分别出现在第 101、167、252、316、347 页。

③ 申丹、王丽亚：《西方叙事学：经典与后经典》，北京大学出版社 2010 年版，第 67 页。

> 放满了手巾。这里虽说和菲尔胡同一样狭窄闭塞，却也有自己的理发店、咖啡馆、啤酒店和卖煎鱼的小店。这是一个自成体系的商业区，小偷小摸的销赃市场。从清晨到黄昏来临，都有一些沉默寡言的商贩在这一带逛游，他们在黑黝黝的后厢房里洽谈生意，离去时也和来的时候一样神秘莫测。在这里，裁缝、鞋匠、收破烂的都把各自的货物摆出来，这对小偷来说无异于广告牌。污秽的地窖里囤积着废旧铁器、骨制品、成堆的毛麻织品的边角零料，散发着霉臭味，正在生锈腐烂。(167)

我们在这段描写中可以明显感觉出，“叙述声音是通过中产阶级的眼睛观看这些景象的”①，他对贫民区作为罪恶隐藏地的想象明显大于他对真实景象的描绘。无论是狭窄闭塞的巷子、沉默寡言的商贩，还是黑黝黝的后厢房，都是在强化贫民区的神秘莫测之感。席拉·史密斯曾对狄更斯的这种“以描写处于安全距离之外的……社会上的可怕事物为乐事”的贫民区书写提出批评，认为狄更斯虽然同情穷人，却还是把他们假想成“一群野蛮人，与整个社会的文明表象不断形成鲜明反差”②。

众所周知，狄更斯常被视为底层穷人的代言人，但其实他在阶级问题上的态度并不像人们通常想象的那样清晰明确。他虽然对穷人始终怀有同情，但上述贫民区书写中却也透露出他对穷人的不信任，甚至是“毫不掩饰的厌恶感”③。它实际上体现出狄更斯对贫民区的真实状况缺乏了解，只好更多地依赖于当时流行的、充满偏见的阶级话语，似乎

---

① Michal Ginsburg. “Truth and Persuasion: The Language of Realism and of Ideology in *Oliver Twist*”. *NOVEL: A Forum on Fiction*, 1987 (3): 236.

② Sheila Smith. *The Other Nation: The Poor in English Novels of the 1840s and 1850s*. Oxford: Clarendon Press, 1980: 69.

③ George Orwell. *Charles Dickens*. http://orwell.ru/library/reviews/dickens/english/e_chd, ch. 3. 因本文参考的是网络版原著，缺少页码，故只标注引文所在章节，不标注页码。下文同。

穷人聚集的地方就是犯罪滋生之地，穷人的谋生手段必定都处在法律或道德许可范围边缘。借用麦勒西（Brio Melossi）的观点，“对犯罪行为的再现并非随机的、不可预测的创作结果；它们是深深植根于特定时期、特定社会中的主要社会关系中的观念所致”①。由此，我们在下文主要讨论的问题就是，究竟什么观念因素让狄更斯对贫民区有这样的想象？何种意识形态或者话语导致他倾向于把犯罪与一群有着特定阶级属性的人（穷人）相联系？②

## 一、堕落的穷人：贪吃、懒惰、无节制

布里格斯（John Briggs）在《英国的犯罪与惩罚导论》一书中指出，大约自 17 世纪开始，随着工业革命的不断推进给英国社会带来深刻社会变革，伴随而来的是众多复杂的社会问题，尤其是城市规模快速扩张、贫富差距拉大、穷人数量激增以及治安状况恶化等，英国上层民众对犯罪问题的认识开始发生显著转变。如果说在此之前，以王权为代表的统治阶级主要关心如何控制上层贵族势力的话，那么从现在开始，底层穷人的犯罪行为逐渐被资产阶级视为社会稳定的主要威胁。典型的

---

① Brio Melossi. “Changing Representations of the Criminal”. *The British Journal of Criminology*, 2000 (2): 296.

② 菲利普·考林斯指出，以往各类教科书对狄更斯的评价主要都是“赞赏性的”，却对他在政治和阶级问题上的矛盾性缺乏认识。参见 Philip Collins. *Dickens and Crime*. London: Macmillan and Co. Ltd, 1962: 24. 此外，派姆·莫瑞斯也提醒人们不要把狄更斯及其作品看成一个始终前后一致的思想整体，而应去关注其中的“差异、裂隙、矛盾以及危险之处”，应该把狄更斯视为“一个社会建构的主体，各种欲望相互冲突的场所。他努力试图在自我和社会结构强加给他的限制性话语条件基础上，生产出自己的语词”。狄更斯的作品也应该相应地被视为“充满欲望、意图、权力和危险的各种社会话语的复调对话”。他因此呼吁人们“重估狄更斯小说中的政治意识或无意识”。参见 Pam Morris. *Dickens's Class Consciousness: A Marginal View*. London: The MacMillan Press Ltd., 1991: 1-3. 本文正是对这一研究思路的延续。

罪犯形象不再是罗宾汉那样带有传奇色彩的侠义英雄，而是在城市游荡的穷人。①

由于早期资本主义发展的周期性规律，大量底层城市居民经常处于失业状态。在经济萧条期，很多穷人不得不依靠乞讨，甚至是偷窃和卖淫等犯罪行为度日。虽然这些行为大多为非严重暴力犯罪，但因为数量庞大，便影响了人们对它的看法。再加上绝大多数被捕的罪犯都是穷人，这就导致“下层阶级”越来越占据社会分析和公共感知的话语中心，犯罪问题也就被贴上了阶级的标签。尤其是有关法国大革命的消息传到英国以后，伴随日趋激烈的工人罢工和宪章运动，资产阶级对穷人的恐惧达到高潮。“犯罪阶级”的观念正是在这样的背景下产生的。正如福柯在《规训与惩罚》中所指出的，把底层民众整体想象成一个难以控制、不守道德、无视法律的危险阶级成为一种流行的思想预设，并被立法者、慈善家，以及工人阶级生活的调查者和研究者所普遍采纳。犯罪不再像18世纪之前那样被理解为源自人们内心普遍潜伏的罪恶，而是被认定“它几乎完全是某个社会阶级的所作所为”②。犯罪问题也就被转换成与穷人相关的阶级问题。

法国人傅雷杰（H. A. Frégier）于1840年提出的“危险阶级”（des

① See John Briggs et al. *Crime and Punishment in England: An Introductory History*. London: UCL Press, 1996: 14-16. 1836年，英国枢密院议长约翰·罗素勋爵（Lord John Russell）委派了一支由查德威克·勒菲弗尔（Chadwick Lefevre）率领的调查团，考察有关在全国推广设立警察机构的可行性。调查团于1839年提交了一份据称是有史以来最彻底的治安状况报告。其中尤其引人注意的是，该报告把流浪者与盗贼和妓女一同对待，认为他们“同属于一种巨大的职业犯罪，不断从一个城镇流动到另一个城镇”，“如果他们使用路边那些公共房屋的话，就一定是贼”。参见 Patrick Brantlinger and Donald Ulin. “Policing Nomads: Discourse and Social Control in Early Victorian England”. *Cultural Critique*, 1993 (25): 41.

② 福柯著，刘北成、杨远婴译：《规训与惩罚》，三联书店2003年版，第310页。豪布斯也详细讨论过这个问题，即，在19世纪初的英国政治话语中，劳动阶级与犯罪者之间的界限变得越来越模糊。参见 Dick Hobbs. *Doing the Business: Entrepreneurship, the Working Class, and Detectives in the East End of London*. Oxford: Oxford University Press, 1988: 117.

classes dangereuses）一词常被视为“犯罪阶级”概念的直接来源。他说：“贫穷、堕落的阶级永远是最易产生各种坏人的土壤。我们所说的危险阶级就是指他们。因为即便任性胡为并不代表邪恶，但由于它和贫穷总会发生在同一个人身上，他还是很危险的，是社会应当恐惧的对象。”① 傅雷杰的看法迅速被传播到同时期的英国。中产阶级民众普遍相信这样一个危险阶级存在，它就隐藏在贫民区里，人数大得惊人，相互传染道德上的病毒，时刻准备向文明社会发起攻击。

虽然“犯罪阶级”这一说法直到1850年前后才被传播开，甚至成为一个犯罪学术语，但实际上这一观念早就存在，只不过在被明确提出以后，这种潜在的观念被愈加显明化了。它把一般犯罪行为对人身财产安全的威胁与那些具有革命倾向的、激进好斗的底层穷人对整个社会秩序的威胁联系到一起，让中产阶级市民在头脑中浮现出那些拥挤在贫民区中的堕落的危险匿名者群像，进而引发恐慌。在经济和社会危机严重的19世纪30年代至40年代，这种恐慌又被频发的宪章运动所加剧。于是，把不断攀升的有关犯罪的官方统计数字归咎于穷人便成为19世纪上半期的持续主题。②

在19世纪以前，英国几乎没有任何真正意义上的犯罪数据统计。史学家们如果想了解在过去某段时间的犯罪状况，就必须亲自查阅和梳理卷帙浩繁的司法或教会文档。但从19世纪初以后，现代犯罪统计学快速发展起来。尤其是在《雾都孤儿》问世的19世纪30年代，各种类型的犯罪统计越来越多。与犯罪者相关的各种信息都被收集、整理和分析，包括所犯罪行、判决结果、年龄分布、家庭背景、体态外貌、教

① Quoted in Louis Chevalier. *Labouring Classes and Dangerous Classes in Paris During the First Half of the Nineteenth Century*. London：Routledge and Kegan Paul，1973：141.

② Robert Shoemaker and Richard Ward. “Understanding the Criminal：Recording-Keeping，Statistics and the Early History of Criminology in England，1780-1860”. *British Journal of Criminology*，2016（16）；Clive Emsley. *Crime and Society in England，1750-1900*. London and New York：Longman，1987.

育程度、职业状况等，而其中有很多因素在以前根本不被认为与犯罪有关，比如阶级状况和家庭出身等，现在却都被考虑进来，而且似乎还是导致犯罪的关键因素。有学者认为，这一方面“表明了早期人们理解犯罪行为的明显企图”，另一方面也透露出“社会主导精英在工业革命开始之际有意引入新的行政管理和控制方式”①。当资产阶级已然站稳脚跟，成为英国社会主要的政治力量之后，它与封建贵族之间的矛盾也就基本解除了。它现在最关心的问题便是如何稳固对下层民众的控制，消除因贫困和剥削导致的不安定因素。根据当时数据，英国人口在1805—1841年增加了不到八成，犯罪率却上升了近五倍。② 然而这些统计数据的可靠性却值得怀疑。很可能这只是因为在统计范围和方法以及刑法改革等方面的变化所导致的数据增长，而非因为真实治安状况的恶化。正如盖特瑞尔所指出：“19世纪上半期真正增长的不是犯罪，而是刑事起诉率。这是两码事。”③ 从表面上看，这些统计数据似乎只是为了客观地说明社会发展状况，但实质上却是被资产阶级的社会改革意

---

① Robert Shoemaker & Richard Ward. “Understanding the Criminal Record-Keeping, Statistics and the Early History of Criminology in England”. *British Journal of Criminology*, 2016: 2. https://www.researchgate.net/publication/308206514_Understanding_the_Criminal_Record-Keeping_Statistics_and_the_Early_History_of_Criminology_in_England_1780-1860.

② Patrick Brantlinger and Donald Ulin. “Policing Nomads: Discourse and Social Control in Early Victorian England”: 37.

③ Quoted in Patrick Brantlinger and Donald Ulin. “Policing Nomads: Discourse and Social Control in Early Victorian England”. *Cultural Critique*, 1993 (25): 34. 菲利普斯也强调当时大部分被起诉的罪犯所犯下的不过是非常轻微的罪行，“所涉及的赃物通常都是很少量的煤、金属、衣物、食品或其他私人财物”。参见 David Philips. *Crime and Authority in Victorian England: The Black Country*. London: Croom Helm, 1977: 287. 希梅尔法布在有关“贫穷的观念”的经典研究中也指出，随着工业化和城市化的不断推进，穷人整体数量在当时其实是不断减少的，工人阶级的生存状况也有较大改善，然而贫穷和犯罪问题却得到前所未有的关注。究其根源，就是现代城市发展让那些原本散落在各地的贫民被聚集到贫民区，“这不是让他们变得人数更多了，而是更显眼了”。参见 Gertrude Himmelfarb. “The Idea of Poverty”. *History Today*, 1984 (4): 26.

图所推动，里面掺杂着很多不客观的因素，目的不过是为改革造势，进而加强对穷人的控制，避免出现像法国大革命那样的暴动。①

悖谬的是，尽管在富人眼中犯罪阶级几乎就是穷人的代名词，但在整个19世纪，资产阶级犯罪学者却都极力否认贫困和犯罪有任何联系，而是把犯罪的根源归咎于穷人的道德缺陷。比如曾担任边沁助手的伦敦治安官科洪（Patrick Colquhoun）在1795年出版的《论城市警察》（*A Treatise on the Police of the Metropolis*）中认为，贫穷不是犯罪的理由，有一些人虽然贫穷，却仍旧有美好品德，而那些犯罪的穷人应主要归咎于“他们身上邪恶且不道德的习惯”，以及“在城市下层人中普遍流行的奢侈和无节制的生活方式”。他还说：“这就是这群劳动阶级不计后果的无节制行为。当牡蛎、龙虾和腌鲑鱼刚刚上市、就连中产阶级都觉得很奢侈的时候，他们却最先开始大快朵颐。前者的优良品行与后者的堕落形成鲜明对比。”② 按照科洪的描述，几乎伦敦城中的所有穷人都是潜在的扒手，每一名失业妇女都是暗娼。

另一位自诩犯罪和法律问题研究专家的威廉·迈尔斯（William Miles）曾担任慈善专员，负责为上议院监狱和感化院特别委员会搜集犯罪数据和信息，调查犯罪根源并寻找惩戒预防措施。他在1835年提交的调查报告中说：“伦敦的窃贼们根本不知道什么叫道德败坏。他们从里到外都腐化透了，浑身上下没有一点优良德性和品格。因为他们中有很多人生来就是窃贼或极端无耻之人的孩子，所以也毫无悔意。他们总想着掠夺，根本不知道何谓社会义务。”③ “至于那些为非作歹的年

① 与此相关的背景是，英国议会分别于1824年、1829年、1862年三次修订《流浪法》（*Vagrancy Act*），允许警察盘问甚至拘捕在城市闲逛的各种衣着和行为不体面的人，以加大对流浪行为的控制和惩处。

② Quoted in David Philips. “Three ‘Moral Entrepreneurs’ and the Creation of a ‘Criminal Class’ in England, c. 1790s-1840s”. *Crime*, *History & Societies*, 2003 (1): 85.

③ 转引自 David Philips. “Three ‘Moral Entrepreneurs’ and the Creation of a ‘Criminal Class’ in England, c. 1790s-1840s”: 90.

轻人们，简直无法想象他们对待自己人生的那种毫不在乎的程度。他们在那些邪恶的欢愉和享乐中彻底放纵自己，甚至为了一个月的毫无节制的放纵宁愿忍受三个月的监禁。"①

此种看法其实也由来已久。差不多一个世纪以前，菲尔丁（Henry Fielding）也表达过类似看法。在他看来，新的生产条件和经济环境让穷人变得贪图享受，"由于他们太懒，不愿意通过劳动获取面包，或者过于贪婪，劳动所得的那点回报无法满足欲望，他们便向有产者宣战，有时甚至也向和他们有同样处境的人宣战"②。这种论调把资产阶级的经济成功归因于他们身上的"美德"，包括自我克制、勤俭节约和个人奋斗等，从而把他们在经济上的优势转化成道德优势，也就可以合理合法地享受自己的阶级优势，并对穷人加以指责和管控。

众所周知，《雾都孤儿》出版时的一个重要社会背景就是英国新《济贫法》的实施。自中世纪以来，基督教会一直把扶危济困视为神圣义务。穷人是值得同情和帮助的对象，而非社会负担。他们有权得到救济。但进入近代资本主义社会后，随着鼓励自由竞争的社会达尔文主义占据上风，穷人越来越被视为社会累赘。特别是马尔萨斯的人口理论更加剧了资产阶级对穷人的厌恶。他把穷人描述为永远填不饱的肚子，只要稍微让他们舒服一点，就立即会繁殖出更多需要社会喂养的人口。因此，解决贫困的根本办法就不是社会救助，而是对穷人加强"道德抑制"，限制他们生育后代的欲望。正是在这样的理论指引下，英国议会于1832年专门成立一个皇家委员会，名义上是去调查旧《济贫法》在实施过程中的疏漏，实则是为1834年推出更符合资产阶级利益的新《济贫法》寻找借口。当时中产阶级的普遍看法就是，贫穷的根源就是好吃懒做以及无节制地生育，穷人不知道如何更合理地使用自己的精

① 转引自 David Philips. "Three 'Moral Entrepreneurs' and the Creation of a 'Criminal Class' in England, c. 1790s-1840s"：93.

② Quoted in Clive Emsley. *Crime and Society in England, 1750-1900*. London and New York：Longman, 1987：51.

力，规划自己的目标，不愿为了更长久的幸福而延迟当下的满足。自此之后，领取社会救济就被人们普遍视为一种耻辱，“穷人的贫困原本值得同情，但到了维多利亚时代，它却让人生疑，甚至往往意味着罪恶”①。

由于贪吃和懒惰被视为穷人最典型的堕落特征，我们就可以理解为什么当小奥利弗在济贫院只是因为想多要一点稀粥，就被视为“一名重要的犯人”（13）。奥利弗后来被送到棺材铺做学徒，苏尔伯雷太太最关心的问题之一就是他“挑不挑嘴”（25）。当她见奥利弗把一碟“连狗都不肯闻一闻的美食”（25）一扫而光之后，不免为他的胃口而忧心忡忡。因为在苏尔伯雷太太看来，贪吃就是各种堕落的征兆，是他将来必受绞刑的最初信号。

在整部小说中，最贪吃的穷人形象莫过于同为棺材铺学徒的克雷波尔。狄更斯似乎对描述他的贪吃有一种无法抑制的冲动，小说中每次提到他都要与吃相有关。克雷波尔第一次出场时，“正在吃一块奶油面包”（28）。他第二次出现时，“奶油、面包、碟子、酒杯，还有一罐黑啤酒、一瓶葡萄酒，满满摆了一桌”（182），狄更斯还让读者尤其注意他“吞食牡蛎时表现出的浓厚兴趣”（182）。第三次露面时，“克雷波尔先生正在吃盘子里的冷牛肉，喝壶里的黑啤酒”（291）。小说中最后一次提到他时，他依然是在“狼吞虎咽地吃早餐”（312），就连费金都在心底里咒骂他“也太能吃了”（312）。狄更斯也依然不忘用全知视角描写克雷波尔切下的“一片大得吓人的面包”，最后还要补充上细节，“一连咬了几大口，把第一块黄油面包给解决掉了，又开始对付第二块”（313）。狄更斯在描写克雷波尔的贪吃习性上花费如此多的笔墨，实在值得我们留意。在前文有关奥利弗的描写上，狄更斯从未直接提及他的贪吃相，而是重在传递他的饥饿感。读者可以明显感觉到奥利弗才

① See Paul Johnson. “Class Law in Victorian England”. *Past & Present*, 1993: 157. 更多有关英国新《济贫法》改革的社会影响，Richard Brown. “Poor Law reform 1834”. http://richardjohnbr. blogspot. ru/2010/12/poor-law -reform-834. html.

是这些叙述"在心理和道德上的中心"①，因而只会认同奥利弗内心的饥饿感，而不认同邦布尔等人对他的偏见。但狄更斯对克雷波尔贪吃细节的描写就不一样了，他对克雷波尔显然没有对奥利弗的那种同情。因为他大部分时间是用一种全知视角描写克雷波尔的贪吃相，这透露出狄更斯在潜意识中似乎在向某种主流意识形态靠拢。

## 二、"一类是粉脸，一类是肉脸"

狄更斯的人物塑造常因其扁平化特征遭人诟病。② 在《雾都孤儿》中，这一不足更多地表现在他对人物外形的描写上，人物外貌特征几乎就是内在道德品质的直接体现。好人和坏人基本可以通过相貌美丑区分开来，差不多所有坏人都有让人生厌的相貌。比如克雷波尔是"身材粗笨，面容呆板，大头鼠眼"（28）；机灵鬼达金斯"长着一个狮头鼻，额头扁平，其貌不扬的邋遢少年……个子偏矮，一副罗圈腿，敏锐的小眼睛怪怪的……"（49）；基特宁则"长着一双闪烁的小眼睛，脸上痘疤密布"（121）；老费金更不必说，"这个狰狞可怕的老头看上去像一只令人恶心的蜥蜴"（123），"他那牙齿脱落的龈肉中露出几颗照说只有狗或者老鼠嘴里才有的尖牙"（324）。狄更斯对这几个人的外貌描写都重点突出了其鼠相特征，如"小眼睛"或者"尖牙"。笔者以为，与其批评狄更斯在人物描写上手法单调，并把原因归咎于他的道德预设，不如说它是狄更斯从中产阶级立场出发对穷人或者犯罪阶级加以想象的

① William Lankford. " 'The Parish Boy's Progress': The Evolving Form of *Oliver Twist*". *PMLA*, 1978: 23.

② 参见福斯特著，苏炳文译：《小说面面观》，花城出版社 1984 年版，第 59~63 页。赵炎秋虽然反驳了福斯特有关狄更斯笔下都是扁平人物的论断，但他也承认"与巴尔扎克、托尔斯泰等作家相比，他的人物总体上要单纯静止一些"，并把原因归为狄更斯"总是从道德的角度观察、塑造、评价人物"。参见赵炎秋：《狄更斯小说人物的类型与发展》，《湖南师范大学社会科学学报》1991 年第 5 期，第 90~94 页）。

产物。

如果说上述几个人物都是小说中的“坏人”，狄更斯丑化他们的形象尚可理解的话，那么他对几位边缘穷人角色的描写则需要我们做另一番解读。这些人物对情节的进展来说作用微小，然而每当他们在故事边缘闪现，狄更斯似乎总有一种难以抑制的冲动，要将他们的丑陋面貌诉诸笔端。比如当奥利弗跟随苏尔伯雷到一户穷人家里处理丧事时，他所见到的死者家属“看上去和他在屋外见到的老鼠实在太相像了”（33），尤其是那位老太婆，“满脸皱纹，仅有的两颗牙齿突出，挡住了下唇，目光炯炯有神”（33）。在老沙丽去世时，狄更斯也刻意指出最终陪伴她的是两位丑老太婆，其中一位是“一个干瘪的、相貌奇丑的女贫民”（155），“上了年纪而且弯腰驼背，瘫软的手脚直打哆嗦，脸歪嘴瘪，还老是咕咕哝哝地翻白眼……不如说像是一个信笔涂抹出来的老怪物”（156）。非但如此，就在她们俩出场的这个小片段里，狄更斯似乎总是忘不了反复提及她们丑陋的长相，有时候是近距离的特写，“火苗把一团惨白的亮光投射到她们枯槁的脸上，将她俩那副丑八怪的样子照得更加狰狞可怕”(158)，有时候则干脆称呼她们为“两个丑八怪”（158）、“两个干瘪老太婆”（159）。这些例子恰好印证了奥威尔对狄更斯的指责：“虽然在反对富人这一立场上，狄更斯的确和穷人站在一起。但要想让他不把工人阶级的外貌视为一种污点，几乎不可能。”①

恰如上一节提到的狄更斯对穷人贪吃相的描写一样，这种对穷人的脸谱化速写也不能被简单归因于作者的单调笔法。更合理的解释应该是，它们暴露出作者的某种深层潜意识，包括对底层穷人真实状况的想象力的匮乏、对他们作为潜在犯罪群体的恐惧和厌恶，以及对他们的道德状况的不信任等。除了用想当然的文字反复描述他们丑陋的群像并暗示其堕落，进而符合中产阶级读者对危险阶级的既有想象之外，狄更斯似乎难以用更深刻的笔触抵达他们的真实状况。同时正是由于在他的想

① George Orwell. *Charles Dickens*: 3.

象和真实之间存在差距，才导致狄更斯在处理某些文本细节时出现前后矛盾。比如他在前文还说克雷波尔的长相是“身材粗笨”，后文却又说他“四肢细长……体瘦多骨”（287），“两条腿又长得出奇”（287）。对于像狄更斯这样的严肃作家来说，这种细节上的破绽并非微不足道。它说明狄更斯在描写克雷波尔的外貌时没有经过深思熟虑，而是借用了符合中产阶级观念的穷人群像。由于它更多的是阶级偏见和主观投射的产物，所以才会导致前后不统一。①

实际上，从18世纪后期开始，资产阶级犯罪学者便热衷于从生理学方面寻找犯罪行为发生的缘由。来自生物遗传学、颅相学、面相学等领域的知识都被混杂运用于犯罪研究，形成一套颇有影响的伪科学话语。汤姆森（J. Thomson）在其《论犯罪的遗传性》一书中以十分肯定的语气抛出四个论点：“（1）存在一个与其他文明人迥异的犯罪阶级；（2）犯罪阶级有非常特别的生理和精神特征；（3）罪犯家族史证明犯罪具有遗传性；（4）犯罪阶级不可救药的本性也说明犯罪具有遗传性。”② 一些迷信颅相学的研究者甚至会经常造访监狱，试图从犯人的头形和相貌上概括出坏人常有的一般特征。几乎与《雾都孤儿》发表的同一时期，一位调查者进入伦敦新门监狱考察后发现，犯人们在外形上都“有明显的动物特征”，其中一些男孩尤其明显，“他们的脸庞跟猴子有些近似”③。汤姆森经过常年在监狱里开展“科学”研究后也发现，监狱中关押的罪犯都有一副瘦削、丑陋的面孔和猥琐的表情，单从外貌上就可以轻易把他们与正常人分开。显而易见，这些原本都是没有

① 与本书看法类似，兰克福德还注意到《雾都孤儿》中存在“思想与形式不统一”、“主题和人物观念不统一”等问题，并认为其根源在于“（狄更斯）在个人及公共方面均深刻感受到的道德冲突”，以及他的“‘道德主义’（moralizing）原则与‘自然主义’真实之间的内在矛盾”。参见 William Lankford. “‘The Parish Boy’s Progress’: The Evolving Form of *Oliver Twist*”: 20.

② J. Bruce Thomson. “The Hereditary Nature of Crime”. Nicole Rafter, ed. *The Origins of Criminology: A Reader*. New York: Routledge, 2009: 164.

③ Quoted in Clive Emsley. *Crime and Society in England, 1750-1900*: 64.

事实依据的阶级偏见，却打着科学的幌子，以确信的语气描绘穷人相貌，刻意放大他们身上因物质生活条件造成的某些生理缺陷，比如因营养不良导致的牙齿和身材畸形等，目的不过是最终论证所有的穷人和罪犯在丑陋的相貌和堕落的品行上具有家族相似性，这种相似性又通过混乱的婚姻和糟糕的成长环境被一代又一代传递下去，成为“遗传性的堕落”（hereditary deterioration）①。汤姆森称其为犯罪遗传学，并摆出一副很“科学”的姿态说道：“这些在过度拥挤的背街陋巷和死胡同里闻着肮脏的空气出生并长大的穷人和犯罪阶级有一种生理上的退化，他们是完全不同于生活在伦敦西区空气流通的街道和广场的富裕群体的一群男女。”② “我们所说的都是一些生于犯罪又为了犯罪而生的惯犯。他们的职业就是犯罪。从生理和心理上都有不可抗拒的这一倾向。”③

在这种伪科学论调的影响下，19 世纪的英国中上层民众普遍相信犯罪者都是在生理上不正常、道德上很堕落的另类，其犯罪原因也主要被归结为两条，一是生理和道德上的遗传基因，二是成长环境，而后者又主要被归咎于不称职的父母、残缺的家庭，以及身边坏人的诱导等。难怪当小奥利弗刚出生时，为他接生的教区医生因为看见他母亲手上没带结婚戒指，便以十分鄙夷的语气说：“又是那种事。”（3）邦布尔更是愤怒地辱骂道：“一些个不要脸的贱货……生下一些哭哭啼啼的孩子给教区抚养……”（249）在小说第十五章，当南希和赛克斯强行把逃跑的奥利弗带回老费金的贼窝时，她只需要谎称奥利弗是不务正业、离家出逃的孩子，便足以招致路人对他报以最恶毒的谩骂和仇视。因为按照当时的普遍看法，穷人之间常见不道德的姘居，没有家庭责任感，只会生出更多没有教养的坏孩子，而这些缺少管教的孩子也必定会成为作奸犯科的坏人。狄更斯在小说中描写贫民窟景象时，也曾刻意提到那些

① J. Bruce Thomson. “The Psychology of Criminals”. Nicole Rafter, ed. *The Origins of Criminology*: *A Reader*: 98.

② J. Bruce Thomson. “The Psychology of Criminals”: 97.

③ J. Bruce Thomson. “The psychology of Criminals”: 98.

“爬进爬出、无人照料的孩子”，不过是在影射这种糟糕环境对儿童的影响。

由于奥利弗不光彩的出身，再加上他在济贫院显露出的“贪吃”的习性，这便足以给他招来各种诅咒和歧视。他在邦布尔眼中成为“一个不讨人喜欢的孤儿”（17），“小流氓”（17），“心术不正”，“最无耻的一个”（19），“最忘恩负义、最心术不正的男孩”（24）。教区陪审团也“众口一词地宣告他是一个无可救药的小坏蛋”（23），治安推事则断言“奥利弗不光要受绞刑，而且还会被开肠破肚，剁成几块”（19）。尤其是当奥利弗被送去棺材店当学徒后，因为无法容忍克雷波尔对自己的侮辱而奋力反抗后，他更被视为“造反的学徒”的典型，因为按照那些著名的罪犯传记的记载，很多臭名昭著的大坏蛋是从殴打自己的雇主或工头开始逐步滑向罪恶深渊的。故此治安推事断言，“从一开始我就觉察到一种奇怪的预兆，那个厚颜无耻的小野人迟早会被绞死”（41）。而邦布尔向布朗罗叙述奥利弗的身世时，更是添油加醋地将其叙述成了一段标准的罪犯传记：“奥利弗是个弃儿，生身父母都很低贱。打出生以来，他表现出的只有出尔反尔，恩将仇报，心肠歹毒，此外没有任何好一点的品质。在出生地，因对一位无辜少年进行残暴而怯懦的攻击，晚间由主人家逃走，从而结束了那一段简短的经历。”（114）

应当说，狄更斯在显意识层面对于这种偏见是持批评态度的。狄更斯的不幸童年早已为人熟知：孤独无助的少年、冷酷的济贫院、无法摆脱的饥饿和永远干不完的苦力活，这些是他的童年记忆，也是他对一切贫穷和受压迫者有一种近乎本能的同情的原因。① 就在奥利弗刚出生的

① 需要指出的是，狄更斯并非工人阶级出身，而是来自破产的海军小职员家庭。在很多人看来，这种小资产阶级背景正是导致他阶级意识矛盾的根源。参见 Arlene Young. “Virtue Domesticated: Dickens and the Lower Middle Class”. *Victorian Studies*, 1996（4）: 483-511; Pam Morris. *Dickens's Class Consciousness: A Marginal View*: 10.

那一刻，狄更斯用全知叙述视角表明了他的态度：“他打从一出世唯一掩身蔽体的东西就是裹在他身上的那条毯子，你说他是贵家公子也行，是乞丐的贫儿亦可。就是最自负的外人也很难确定他的社会地位。”(3) 显然狄更斯在有意批评那种以貌取人、以出身论贵贱的阶级偏见。刚出生的婴儿没有高低贵贱之分，但被穿上代表贫富贵贱的不同服装后，便被赋予了不同的阶级身份。以邦布尔为代表的中上层阶级对穷人总是很傲慢，这种傲慢有很大一部分无非来自身上所穿的代表金钱和权势的华丽衣服。狄更斯讽刺道：“扒下主教的法衣或者干事的三角帽——他们成了什么了？人，普普通通的人。”(243)

然而，狄更斯在其显意识层面对出身决定论的批判与他在潜意识中对传统资产阶级人性论的坚持之间并不一致。在显意识里，他不认为穷人从一出生就是相貌丑陋、道德堕落的坏人；但在潜意识中，他却似乎认同好人都有与生俱来的美好容颜和不受腐蚀的善良天性。尽管小奥利弗在济贫院受尽虐待，“然而不知是由于造化还是遗传，奥利弗胸中已种下了刚毅倔强的精神”(5)。在棺材铺遭受不公正对待后，他也不屈服，“因为他感到自己内心有一种正在增长的尊严”(44)。布朗罗初次看到奥利弗便感受到“那孩子长相上有一种什么东西……某种触动我、吸引我的东西”(63)。当奥利弗受赛克斯胁迫初次作案被抓后，众人从他的面相上就可断言“这可怜的孩子绝不可能是一帮强盗的徒弟”(196)。俊俏的脸庞和温顺的眼神就是奥利弗的护身符，似乎它们可以轻易地打动别人，证明奥利弗的善良天性。

最有意思的一个细节是格林维格对两类孩子——而非成年人——的划分：“一类是粉脸，一类是肉脸。”(89) 孩子和成年人不同，他们的长相更多地受遗传因素影响。格林维格强调孩子的相貌差异其实就是强调他们天性不同。他所谓的“粉脸”就是标致的面孔和让人愉悦的表情，象征着高尚的人性和良好的教养。“肉脸”则意味着凶狠和丑陋，让人想起本性上的贪婪和堕落。粉脸和肉脸的区别实际上就是好人和坏人之间的区别，也是富人与穷人之间的差别。尽管奥利弗有着一张粉脸，是“一个脸白得像粉笔的小毛孩子”（129），仪表举止也不错，但由于他是穷人的孩子，而且还因为乱扔橘子皮显得缺少教养，格林维格便拒绝承认他是一个真正的好孩子，甚至怀疑他是个小偷，提醒管家“有没有晚间清点餐具的规矩”（90）。这恰恰说明，粉脸和肉脸的区分暴露了以格林维格为代表的中产阶级对穷人的偏见，也暴露了狄更斯在潜意识中相对简单却固执的资产阶级人性观。他虽然未必真的把穷人都想象成长着肉脸的坏人，却倾向于把好人都想象成长着粉脸的富人。小说中有一个值得留意的规律是，几乎所有的好人角色都仪表优雅。比如布朗罗“面容非常可敬，头上抹着发粉，戴一副金边眼镜，深绿色外套配黑色的天鹅绒衬领，白裤子，胳膊下夹着一根精致的竹手杖”（59），梅莱夫人“腰板挺直……穿着极为考究严谨”（192），露丝的长相则几乎汇聚了狄更斯对女性美好特征的所有想象：“这位小姐光彩照人，正当妙龄……可以说天生丽质，模样娴静文雅，纯洁妩媚……聪慧在她那双深邃的蓝眼睛里闪耀，展现在她高贵的额头上，这种聪慧就她在这个年龄或者说在这个世界上似乎颇为罕见”（192）。

狄更斯在描写好人/富人和坏人/穷人相貌上的这种明显差别完全符合当时中产阶级读者的主观想象，反映出狄更斯未能摆脱由资产阶级主导的意识形态偏见。这可能也正是奥威尔嘲讽他“喜欢资产阶级的长相和口音”① 的原因。他虽然不认为穷人都是一生下来就不可救药，却似乎认为好人都有与生俱来的、永不腐蚀的善良天性。事实证明，奥利弗也有着并不低贱的出身，他的父母也都有值得尊敬的社会地位和高贵的道德品质，这似乎正是他从小具备那种不被腐蚀的天性的原因。无论费金和赛克斯用什么手段，“将毒汁缓慢注入奥利弗的灵魂，企图将那颗心变黑，永远改变它的颜色”（122），都无法诱使他堕落，以至于费金最后不得不承认，“他不像别的处境相同的孩子”，“我抓不到把柄，叫他变坏”（175）。由此可见，在狄更斯的内心深处，他同样相信在一

① George Orwell. *Charles Dickens*：3.

个人是否会做坏事的问题上，起决定作用的因素不是环境而是人的本性，或者说与生俱来的道德良知。这与当时的资产阶级犯罪学研究者们所宣称的“贫穷与犯罪无关”、“穷人犯罪完全是因为天生的道德堕落”等论调并无本质差别。①

## 三、犯罪阶级想象的种族特征："犯罪人群几乎总是犹太人"

如果说仅从狄更斯对穷人相貌举止方面的描写还不足以说明他的犯罪阶级想象的话，那么他在小说中不时流露出的反犹主义倾向无疑为我们提供了又一佐证。关于狄更斯的反犹主义问题，在过去的一个多世纪里曾被研究者们广泛争论。以盖尔博（Mark Gelber）、梅尔（Susan Meyer）、诺德（Deborah Nord）、斯通（Harry Stone）以及兰恩（Lauriat Lane）等为代表的绝大多数研究者试图为狄更斯辩护。一方面，他们承认狄更斯在小说中确实对犹太人有许多不友好的再现，认为“狄更斯未能摆脱他那个时代的普遍态度和偏见”②，“接受和反映了当时的反犹主义倾向”③，所以他对犹太人的描写都比较脸谱化，其中最常被人诟病的一点就是狄更斯经常干脆称呼费金为“老犹太”，似乎暗示所有的犹太人都和费金一样，都是用卑劣手段谋取不义之财的贪婪、猥琐之

① 与本书分析角度接近，金斯伯格发现《雾都孤儿》中的人物语言也表现出很有意思的差别。好人和中产阶级的语言一般都是“无标记的”（unmarked）规范用语，但坏人或穷人的语言却都是有标记的粗俗语言或黑话。更有意思的是，好穷人与好富人之间（比如奥利弗和梅莱夫人），或者坏穷人与坏富人之间（比如费金与孟克司）均可以无障碍沟通，尽管他们事实上本该因为不同的生活经验和文化水平而存在语言距离。但是好穷人与坏穷人（比如奥利弗与费金）之间却似乎存在天然的沟通屏障。这同样说明，在狄更斯的潜意识中，道德远比阶级更能影响人的社会关系。参见 Michal Ginsburg. “Truth and Persuasion: The Language of Realism and of Ideology in *Oliver Twist*”: 223-230.

② Lauriat Lane. “Dickens’ Archetypal Jew”. *PMLA*, 1958 (1): 95.

③ Harry Stone. “Dickens and the Jews”. *Victorian Studies*, 1959 (3): 233.

徒。另一方面，学者们又大多否认狄更斯是在有意侮辱犹太人，充其量只能说狄更斯表达了一种"未假思索的偏见"①，复制借用了当时几乎被普遍接受的犹太人形象。虽说他有失公允，但也只是无心之过，"狄更斯可能完全没有意识到这一点"②。"与其说他塑造费金是为了有意抨击犹太人，不如说他只是按照既有范式很便捷地塑造了一个坏人形象"③。一个常被拿出来的证据是，狄更斯除了经常直呼费金为"犹太人"，并偶尔提及他的红头发之外，"在宗教信仰或种族特征等方面，费金并未显示出特别典型的犹太人标志"④。因此，狄更斯所批评的不是以费金为代表的犹太人，而是"他那个时代在经济和道德精神上的堕落"，"那种被误导的、糟蹋人类灵魂的政治经济学"⑤。

应当承认，现在已经很少有人认为狄更斯是有意污蔑犹太人，他只是和当年创作《威尼斯商人》的莎士比亚一样，不自觉地附和了同时代人们对犹太人的偏见。事实上，就在《雾都孤儿》发表若干年后的1863年，当有犹太人朋友给他写信抱怨小说中对犹太民族的不公正描述后，狄更斯意识到了自己的错误，并在后来小说再版时尽量删除了一些不必要的对费金犹太身份的指称，甚至还在后来的小说《我们共同的朋友》中塑造了另一位非常善良的犹太人形象绅士瑞亚，作为对此前过失的弥补。然而本书认为，恰恰是狄更斯在《雾都孤儿》中所表达的对犹太人的"无意识的偏见"⑥ 更值得深究。

众所周知，由于宗教信仰以及民族生活习惯等多方面原因，犹太人

---

① Lauriat Lane. "Dickens' Archetypal Jew"：94.

② Susan Meyer. "Antisemitism and Social Critique in Dickens's 'Oliver Twist' ". *Victorian Literature and Culture*, 2005（1）：250.

③ Harry Stone. "Dickens and the Jews"：233.

④ Mark Gelber. "Teaching 'Literary Anti-Semitism'：Dickens' *Oliver Twist* and Freytag's *Soul and Haben*". *Comparative Literature Studies*, 1979（1）：4.

⑤ Deborah Nord. "Dickens's 'Jewish Question'：Pariah Capitalism and the Way out". *Victorian Literature and Culture*, 2011（1）：31、32.

⑥ Harry Stone. "Dickens and the Jews"：224.

在欧洲历史上曾长期遭受歧视和排斥，一直生活在主流社会的边缘地带，城市里的犹太聚居区和贫民区基本就是重合地带。由于不被允许进入体面行业，很多犹太人不得不从事为常人所不屑的卑贱谋生之道，比如收售旧衣服、捡拾垃圾，甚至干一些坑蒙拐骗的事情，这进一步加剧了自诩为文明人的中产阶级对他们的厌恶。到了 19 世纪初期，这种反犹主义情结又和中产阶级的犯罪阶级想象融合起来，于是犹太人似乎成了所有隐藏在文明社会角落里的犯罪团伙中的最卑劣之徒。① 犹太人聚居区和贫民区一样，被认为是罪恶滋生之地，像费金那样老奸巨猾的贼人们正掌控着庞大的犯罪组织，随时准备向文明社会发起袭击。迈尔斯（William Miles）夸张地转述一位监狱犯人向他所说的话：“所有值钱的赃物在重新流入市场之前，都会先经过犹太人之手。他在各方面都有大大小小的代理人……窃贼们所使用的暗号和黑话有很多词汇都来自希伯来语。”②《雾都孤儿》中的老费金就操纵着一大帮穷孩子、妓女以及像赛克斯那般穷凶极恶的贼人，这显然符合迈尔斯的想象。除此以外，狄更斯在小说中还有几个瞬间提到老费金之外的其他犹太人形象，但几乎每一次都是在复制这种固有的偏见。比如当奥利弗在布朗罗家中换上新衣裳之后，他的旧衣服被卖给了一位犹太人，并且作者刻意强调“那些都是烂得不成样子的破布条”（85），无非是为了暗示犹太人在谋生之道上的可鄙。费金经常与赛克斯碰头的三瘸子酒店老板巴尼同样也是一位犹太人，并且狄更斯也特别提及他“面目一样可憎”（95）。

值得注意的是，除了给这些人贴上一个简单的犹太人标签，并用非常笼统模糊的词汇表达对他们的厌恶之外，狄更斯并没有从更多细节表

① 当然，在当时的英国社会并非只有犹太人受到歧视。随着大英帝国扩张，通过各种渠道从殖民地来到英国的外来族裔人也越来越多，包括印度人、非洲人、加勒比人、爱尔兰人、贝都因人、吉卜赛人等，他们也都被视为可疑的犯罪群体。但犹太人受歧视的历史无疑更久远，在《雾都孤儿》中表现也最突出。

② Quoted in David Philips. “Three ‘Moral Entrepreneurs’ and the Creation of a ‘Criminal Class’ in England, c. 1790s-1840s”: 92.

现出他们的种族特征，比如口音和宗教信仰等。“犹太人”在这里不过是一个抽象概念。狄更斯对他们并没有多少近距离的接触，却和当时的大多数人一样相信“犯罪人群几乎总是犹太人”①。一方面我们承认狄更斯或许并非有意侮辱犹太人，但另一方面，这种对犹太人群体的无意识再现恰恰透露出狄更斯在内心深处对中产阶级犯罪阶级想象的认同。

## 四、穷人与犯罪阶级：想象中的他者

恩格斯在其名作《英国工人阶级状况》中曾指出，由不公正的阶级剥削制度制造出来的贫困才是导致穷人犯罪的根本原因。在19世纪前后，资本主义仍处在非常野蛮残酷的发展阶段，最底层穷人的生存状况极其糟糕，缺乏最基本的生存保障。每一次危机爆发都有可能让他们失去生存下去的机会。由于始终处于朝不保夕的状态之中，再加上非人的劳动条件和让人绝望的生存环境，严重扭曲了穷人的生活，“甚至那些还没有被卷入他们周围的那个道德堕落的漩涡里面的人，也一天天地堕落，一天天地丧失了力量去抵抗贫穷、肮脏和恶劣的环境所给予他们的足以使道德败坏的影响”②。赌博、酗酒、盗窃、挥霍、无节制、两性关系随意等成了底层生活中的常见现象，并通过破碎的家庭和环境影响被一代一代地传递下去，成为资产阶级学者所谓的“遗传性的堕落”。穷人似乎注定就是文明社会的潜在犯罪群体，甚至就像亨利·梅休（Henry Meyhew）所认为的那样，他们中间除了“偶犯”就是“职业惯犯”③，两者之间只是在犯罪的频率上稍有差别，本质上并无不同。

---

① Quoted in Mark Gelber. “Teaching ‘Literary Anti-Semitism’: Dickens’ *Oliver Twist* and Freytag’s *Soul and Haben*”: 4.

② 恩格斯.《英国工人阶级状况：大城市》, https://www.marxists.org/chinese/engels/1844-1845/05.htm.

③ Henry Mayhew and John Binny. “Habitual criminals”. Nicole Rafter, ed. *The Origins of Criminology: A Reader*. New York: Routledge, 2009: 209.

对待穷人的偏见显露无遗。

萨义德的经典著作《东方学》对于我们理解资产阶级的犯罪阶级想象很有启发。在萨义德看来，东方并非一种自然的存在，而是被欧洲人凭空想象出来的地方，欧洲人“最关心的不是东方的现实而是欧洲对东方及其当代命运的表述”。在这种表述中，东方始终被视为西方的竞争者，对东方形象的想象和研究“也有助于欧洲（或西方）将自己界定为与东方相对照的形象、观念、人性和经验”。萨义德认为，“西方与东方之间存在着一种权力关系、支配关系、霸权关系”。欧洲所有关于东方的论述“很好地体现了东西方之间力量关系的模式，体现了在这种力量关系模式影响下产生的论说东方的话语模式”。① 如果我们把萨义德所说的东方和西方分别替换成犯罪阶级（底层穷人）和资产阶级之后就会发现，犯罪阶级也不过是资产阶级话语建构出来的一个想象中的他者。由于资产阶级无论在财富积累的目的还是手段上来看，都与基督教宣扬的以道德操守为主的生活重心渐行渐远，因此资产阶级在自身崛起的过程中常伴随一种强烈的道德负罪感，城市中的贫民区就是与它的崛起相伴生的副产品，它以其非人的存在面貌见证着资本主义最不道德的隐私。“（它）是一个让人焦虑的提醒物，让人想起文明的局限。”② 因此，资产阶级迫切需要一种道德上的净化，把自身描述成占据道德高度的优势阶级。他们用各种夸张的词汇来想象贫民区中的肮脏和混乱，那里永远被一群丑陋和堕落的家伙盘踞。他们都是文明社会的敌人，“一个另类种群”③，身上带有明显的道德和生理疤痕，这就是泰勒（D. Taylor）所说的“转移机制”（process of transference），“一切让体面的资产阶级社会害怕的、被视为不道德的东西都被归于贫民区中

① 萨义德著，王宇根译：《东方学》，三联书店 1999 年版，第 1～22、5、8 页。

② Gertrude Himmelfarb. “The Idea of Poverty”：26.

③ Henry Mayhew and John Binny. *The Criminal Prisons of London and Scenes of Prison Life*. London：Cass，1968：87.

的住户。由此一来，非但建构了一个‘他者’或‘底层’世界，受人尊敬的资产阶级价值优越性也得到确认”①。

在富有的中产阶级的想象中，穷人贪吃、懒惰、无节制，出生在肮脏的环境，在堕落的人群中长大，身上沾满各种道德病毒。他们邪恶、凶狠，个体虽然卑微，但群体数量庞大。他们甚至有着异于常人的外貌特征，说着文明人听不懂的江湖黑话。今天，很少有历史学家真的相信19世纪的英国曾经存在这么一个有组织的、人数庞大的危险犯罪阶级，它不过是源自资产阶级对穷人的想象，是一个话语建构物。然而这种“虚构”带给底层穷人的后果却是实实在在的。穷人被等同于犯罪阶级，他们身上汇聚着中产阶级厌恶的各种不良习性，并被解释为他们糟糕生存状况的根本原因，由此资产阶级在道德上的优越感也便得以确立，进而摆脱对穷人进行救助的社会责任。像马尔萨斯这样的资产阶级学者把穷人视为资本主义社会的冗余人口也就不足为怪了。他批评穷人根本不知道反思自己贫穷的根源在于自身的贪婪多欲：

> 当劳动所得的工资还不足以养活两个孩子的时候，他却结了婚，还生出五六个孩子。他必然会陷入极度贫困。于是就抱怨劳动报酬太低，不够维持家用。他也埋怨教区对他提供的救助不慷慨及时。他抱怨富人们小气，嫌他们不省出一些让他眼馋的东西给他。他谴责社会制度不公，世上的物产那么多，却分配给他那么少。或许他还会抱怨命运不公，安排给他社会位置太窘迫，永远无法摆脱贫困和对他人的依赖。他总是在寻找抱怨的目标，却从不把目光投

① David Taylor. “Beyond the Bounds of Respectable Society: The ‘Dangerous Class’ in Victorian and Edwardian England”. Judith Rowbotham et al., eds. *Criminal Conversations: Victorian Crimes, Social Panic and Moral Outrage*. Columbus: Ohio State University Press, 2005: 8.

向自身不幸形成的根源。他最不会抱怨的对象就是他自己。①

在马尔萨斯看来，消灭贫困的关键在于限制穷人的欲望，改造他们的道德，减少救助，尽可能降低他们的生育愿望，因为在贫穷和罪恶中长大的孩子只会给社会带来更多麻烦。社会应当让穷人认识到自身状况，并为自身负责。“贫穷是由穷人自身的失败招来的……它经由邪恶、污秽和道德上的无知所传播扩散；对穷人的公共救济会破坏他们的工作愿望。懒惰是人的天性。解决的办法就是通过道德教育，教人学会自立。”②

这正是狄更斯创作《雾都孤儿》时所处的社会语境。应当承认，狄更斯并不赞同此类论调，他和奥利弗有着十分相近的童年遭遇，对后者有深刻理解和同情，对富人的阶级偏见也非常厌恶，所以能够有意识地提出批评和讽刺。然而小资产阶级出身让他在意识形态上还是更愿意向中产阶级靠拢。尤其是在狄更斯创作《雾都孤儿》时，他已经成为中产阶级的一员，他对穷人的偏见和不信任与日俱增，只不过它足够隐蔽，甚至连他自己可能都意识不到。同时他对资产阶级的道德良知又抱有不切实际的幻想。当然，这种意识在他后来的作品中有所改变。恰如扬所说：“随着他逐渐进入中产阶级社会，他也同样感觉不舒服，并且随着年龄增长，对资产阶级社会也日益感到失望。”③这也正是他晚期作品越来越具有社会批判性的原因。但至少在《雾都孤儿》所描述的世界里，我们还是可以清楚地看到狄更斯批判视野的局限性。以梅莱夫人和布朗罗先生为代表的富人们永远生活在物质充裕之中，我们不知道、

① 转引自 Lydia Morris. *Dangerous Class*: *The Underclass and Social Citizenship*. London: Routledge, 1994: 11.

② 转引自 Lydia Morris. *Dangerous Class*: *The Underclass and Social Citizenship*: 12.

③ Arlene Young. “Virtue Domesticated: Dickens and the Lower Middle Class”: 493.

似乎也不必担心他们的财富具体通过什么渠道获得。而那些穷人却永远生活在物质极度匮乏的死亡边缘，他们要么靠犯罪侵占别人财富，要么像奥利弗一样因为坚守品德而最终获得巨额遗产作为褒奖。在狄更斯看来，罪恶的根源并非不公正的阶级剥削制度，而是日渐迷失的道德品质。由此，他所关心的也就不是根本性的社会改革，而只能重提那些资产阶级学者经常给出的温柔却无用的建议："如果没有强烈的爱，没有仁爱之心，如果对以慈悲为信条、以博爱一切生灵为最高标准的上帝不知感恩，是绝对得不到幸福的。"（379）

# 结 束 语

狄更斯虽然从人道主义角度对穷人的悲惨际遇怀有同情，却对资本主义社会的根本剥削结构缺少认识。他最大的愿望就是用道德良药改善资产阶级与穷人之间的关系："一方是纯洁无瑕而又和蔼可亲的慷慨给予，另一方是发自肺腑的最最真挚热切的感激之情"（218）①。这就是他想象中最美好的阶级关系。2012 年，正值狄更斯诞辰两百年之际，英国《BBC 新闻杂志》发表了一篇文章对狄更斯的社会贡献进行回顾，作者虽未像奥威尔那样彻底否认狄更斯的社会批判性，却也指出："（他）实际上并未像人们想象的那样带来多少实际有益的社会变革"②。作者在一家有广泛影响的英国主流媒体上如此评价他们的文化偶像，这非常耐人寻味。

---

① "个人意义上的善是解决一切问题的良药"，这是奥威尔对狄更斯全部作品所蕴含的社会主张的诊断。在他看来，狄更斯对资本主义的批判充其量就像是用拐棍敲打大象，非但不会让它感到疼，反倒像是在替它挠痒。参见 George Orwell. *Charles Dickens*：3.

② Matthew Davis. "Did Charles Dickens Really Save Poor Children and Clean up the Slums?". *BBC News Magazine*, 2012（7）. http：//www. bbc. com/news/magazine-16907648.

# 第十章
# 论萨克雷与新门派犯罪小说

## 引　　言

新门派犯罪小说自诞生之日起，就一直处于舆论漩涡之中。尤其是在1830年至1840年，随着它在文学市场上取得巨大的成功，这种看上去并不具备多少审美价值的通俗文学却对广大读者拥有巨大的吸引力。这在众多严肃批评家看来是非常危险的。于是一波又一波的批评浪潮持续涌向新门派作家，其中最引人瞩目的应属当时尚未成为一代文学大师的威廉·萨克雷（William Thackeray，1811—1864）。从年龄上来看，萨克雷与新门派的几位主要成员相差不算太多，他甚至还要比狄更斯年长一岁。但他在文学上取得声望却晚很久。直到1837年4月，26岁的萨克雷才在报纸上发表第一篇简短书评。当时爱德华·鲍沃尔-利顿（Edward Bulwer-Lytton，1803—1873）的名声正如日中天，狄更斯也凭借《匹克威克外传》一举成名，并借助正在连载的《雾都孤儿》不断巩固自己的文学地位。而萨克雷距离让他后来名震文坛的《名利场》的诞生还有11年之久。对于一位颇有抱负的年轻作家来说，面前矗立着好几位非常成功的同辈作家难免让他感到焦虑。在他早年写给朋友的信中，萨克雷如此表达了自己的内心感受："必须承认鲍沃尔的勤奋和聪明才智……他的才华享有盛名。而我总感到自己在与他竞争——我想这一定是虚荣心使然吧。"①

---

① William M. Thackeray. *The Letters and Private Papers of William Makepeace Thackeray* (Vol II), ed. Gordon N. Ray. London: Harvard University Press, 1945: 228.

当然，我们不能武断地认为嫉妒和虚荣心是促使萨克雷抨击新门派作家的主要动机。但若说一位初出茅庐的作家想要推开挡在面前的文学巨人，缓解内心“影响的焦虑”，从而为自己开辟道路的话，这也是可以理解的。无论如何，萨克雷自 1837 年成为当时抨击新门派的主要舆论阵地《弗雷泽杂志》（*Fraser's Magazine*）的专栏作者之后，他在此后的 10 多年内实际上成为反对新门派作家的领军人物，向鲍沃尔-利顿、威廉·安斯沃思（William Ainsworth，1805—1882）和查尔斯·狄更斯（Charles Dickens，1812—1870）等人发起了“最积极、最频繁的抵制”① 和“最精心策划的攻击”②。虽然新门派小说的衰退也有很多客观历史条件，但萨克雷的持续批评无疑是最直接和致命的因素之一。如果没有他，或许新门派写作不会如此昙花一现，仅仅经历十几年的时间便退出文学舞台。因此，从一定意义上可以说萨克雷就是新门派犯罪小说的终结者。但从另一方面来看，或许也正是由于他的批评，才间接影响了狄更斯的创作风格的改变，后者自《雾都孤儿》之后逐渐放弃了新门派风格，走向更加成熟的现实主义写作。

在过去几十年间，萨克雷与新门派之间的这段纠葛曾一直是一个焦点话题。③ 近几年来出版的一些犯罪文学研究专著，比如威利-布莱克

① Keith Hollingworth. *The Newgate Novel, 1830-1847: Bulwer, Ainsworth, Dickens, and Thackeray*. Detroit: Wayne State University Press, 1963: 148.

② Lyn Pykett. “The Newgate Novel and Sensation Fiction, 1830-1868”. Martin Priestman, ed, *The Cambridge Companion to Crime Fiction*. Cambridge: Cambridge University Press, 2003: 30.

③ 参见 Charles Mauskopf. “Thackeray's Attitude Towards Dickens's Writings”. *Nineteeth-Century Fiction*, 1966 (1): 21-33; Gordon Ray. “Dickens versus Thackeray: The Garrick Club Affair”. *PMLA*, 1954: 815-832; Keith Hollingworth. *The Newgate Novel, 1830-1847: Bulwer, Ainsworth, Dickens, and Thackeray*. Detroit: Wayne State University Press, 1963: 148-165; K. J. Fielding, “Thackeray and the ‘Dignity of Literature’,” *LTLS*, 1958 (19): 526-530; F. S. Schwarzbach. “Newgate Novel to Detective Fiction”. Patrick Brantlinger and William B. Thesing, eds, *A Companion to the Victorian Novel*. Malden: Blackwell Publishers Ltd, 2002: 230-231.

维尔版的《犯罪小说导读》（2010）和《剑桥犯罪文学指南》（2003）等也都对其有不同程度的关注。总体来看，这些研究没有把萨克雷对新门派的批评简单归因于他们之间的私人恩怨（尽管萨克雷与新门派作家，尤其是狄更斯之间关系不睦已众所周知），而是从更深层次上寻找根源，特别是在现实主义小说尚处于探索发展阶段时，他们在文学观念上的差异可能才是更重要的对抗因素。本书也将沿着这一思路，通过梳理萨克雷与新门派作家在文学观念和伦理追求上的分歧，来理解两者之间的争端，同时为19世纪中后期英国小说的成功原因寻找一种解释。

## 一、萨克雷与新门派的主要分歧

据粗略估计，萨克雷成为《弗雷泽杂志》的专栏作者后，他在三年内发表的各类文章中有接近1/3都提到了新门派小说，且多数是持批评态度。① 特别有代表性的是他的第一篇文章《论香然·凯特奈驰与歌谣》（*Horae Catnachianae: A Dissertation upon Ballads*，1839）。表面看上去，这篇文章主要是讨论当时一位不太有名的作家詹姆斯·凯特奈驰的作品，实则醉翁之意不在酒，他很快便把讨论的焦点聚集到新门派小说上。一方面，他也承认自己和普通读者一样，私下里非常喜欢新门派小说带来的阅读快感，“朗·奈德先生、保罗·克利福德先生、威廉·赛克斯先生、费金先生、约翰·谢泼德先生以及理查德·特平先生②，他们都是被塑造得最生动的盗匪形象，也都是我们必须尊重的绅士”。但他随即话锋一转，说：“我们可以拥抱并喜欢这些流氓，但只能在私下场合。在公开场合下，若宣称自己有这样的喜好，并被瞧见与他们为伍

① William M. Thackeray. “Horae Catnachianae: A Dissertation upon Ballads”. *Fraser's Magazine*. XIX, 1839: 407. http://trove.nla.gov.au/newspaper/article/84756243.

② 这几个人物都是当时最流行的罪犯传记小说中的主要角色。

则是非常错误的。”① 他进而补充道：

> 《保罗·克利福德》中的贼窟或匪徒窝点都不过是这位准男爵作者凭空想象出来的，他对底层生活的了解并不比他对德国形而上学知道得更多。事实的确如此，他怎么能知道这些呢？他从未与他描写的那些窃贼、杀人凶手、赃物贩子、妓女或小偷谈上半小时的话。我们也不可能期望那位让人尊敬的博兹（此处指狄更斯）有任何这样的体验。②

从这段引文中我们可以看出，萨克雷对新门派作家的第一个指责便是不真实，认为他们根本不了解真实的犯罪世界。除了狄更斯在童年时期对底层社会的黑暗有切身经历之外，像鲍沃尔-利顿和安斯沃思等人都是出身上层社会的绅士，所生活的世界远离底层社会，顶多只是从《新门狱历》记载的犯罪档案中搜罗素材和灵感。他们只是靠道听途说得来的印象再加上夸张和想象，虚构出带有浪漫色彩的犯罪传奇，因此完全是在欺骗读者。读者只需要花一两个便士买份报纸，便可以从中了解到更真实的犯罪案件。在萨克雷后来写给友人的信中，他更清楚地表达了自己与狄更斯等新门派作家在小说观念上的差异。他说：

> 我和他在艺术上有很多分歧。我认为他没有真实地再现自然……我反对他的观点……因为我认为小说艺术就是要再现自然，尽可能强烈地传达真实感觉——在悲剧、诗歌或抒情剧中，你的目的是传递不同的情感……但［在小说中］，外套就是外套，拨火棍

① 参见 Keith Hollingworth. *The Newgate Novel, 1830-1847: Bulwer, Ainsworth, Dickens, and Thackeray*: 150.

② William M. Thackeray. “Horae Catnachianae”: 407.

就是拨火棍，一定不能写成别的东西，不能是一件镶边的长衫，也不能是童话剧里火红的魔法棒。①

狄更斯的小说素以语言幽默风趣著称，即便是针对社会丑恶现实的辛辣讽刺，其中也不乏诙谐机智的表达。可这样的风格在萨克雷看来却十分不舒服，“像个旅行诗人一样，信口开河、油腔滑调、夸夸其谈，对其描述的对象知之甚少”②。实际上，萨克雷最喜爱的作家是18世纪的亨利·菲尔丁，后者深刻影响了他对现实主义文学的理解，或者说菲尔丁的作品就是他心目中理想的现实主义小说。在他看来，作家就应该像菲尔丁那样，做自己所处时代的“社会历史学家”（social historian），“他应该坐下来描写我们所处时代的历史……给我们提供有关人们的生活状况的更好理解，甚至强过我们能够从任何浮夸的真正历史著作中得到的东西。”③ 为此，他要求作家应尽可能真实地描写他们熟悉的主题和事件，而非用华丽的措辞和技巧来虚构自己根本不清楚的事物，否则就是欺骗读者。

萨克雷所要求的真实并非仅仅指事件的真实，更主要的是指人物塑造的真实。作家应该完整、全面地刻画真实的犯罪形象，而不是挑拣出几件事实加以浓墨重彩地渲染，却又刻意略去其他事实来隐瞒真相。他说：“安斯沃思不敢按照他所了解的恶棍的样子如实描绘他的主角。他必须把他的野蛮之处藏起来，否则便会激怒公众道德，让他的作品显得荒诞不真实，绝对要比菲尔丁的任何作品都不道德。”④

---

① William M. Thackeray. *The Letters and Private Papers of William Makepeace Thackeray*. Vol II. ed. Gordon N. Ray. London：Harvard University Press，1945：233.

② William M. Thackeray. “Horae Catnachianae”：408.

③ William M. Thackeray. *The Letters and Private Papers of William Makepeace Thackeray*. Vol II：98.

④ William M. Thackeray. *The Oxford Thackeray*. 17 Vols. London：Oxford University Press. ed. George Saintsbury，Vol 3，1908：390. http：//catalog. hathitrust. org/Record/100883036.

由此便延伸出他对新门派小说的第二条批评，即它用虚假的人物形象欺骗读者情感，诱导他们对罪犯产生不当同情和好感，进而损害世风道德。在萨克雷看来，菲尔丁虽然也经常描写犯罪，但他绝不会在道德立场上含混不清，而是会清楚地向读者表明他的价值取向，告诉读者哪些东西是值得称赞的美德，哪些是应当嘲讽、抨击的对象。但新门派作家却没有做到这一点。他说：

> 在南希的悲伤和谢泼德的冒险中却没有传递这种道德，至少我们没有发现。我们只是被直接要求同情前者，并对后一个窃贼的英勇行为表示崇敬。站街女或许也是一个有美德的人，一名抢劫犯可能也如惠灵顿将军一般英勇，但最好还是把他们以及他们身上不管是好还是坏的品质放到一边。《雾都孤儿》中所描写的济贫院场景以及《匹克威克外传》中记述的舰队监狱状况都让人可怜，它们都是纯粹的事实——在这些方面，你想多真实就多真实；对那些不幸的穷人，你无论伸出多么温情的手或说出多么温暖的话都是可以的。但从常识来判断，我们最好还是不要向那些凶手或其他邪恶之徒表示同情。①

《雾都孤儿》中的南希曾被视为狄更斯塑造的最成功的人物形象，“有无比丰富、复杂的内心世界，远比 E. M. 福斯特所称羡的一切‘浑圆人物’更富有立体感和活跃的生命力”②。狄更斯没有把她简单描绘成一个令人生厌的妓女，而是充分注意到这个人物形象的复杂性，即便如她这样在坏人群里讨生活的风尘女子，身上也有值得同情、钦佩的人性闪光点。即便在对待赛克斯或老费金这样的十恶不赦的惯犯，狄更斯也愿意走进他们的内心世界，用宽容的笔触描写他们灵魂深处的孤独、绝望

---

① William M. Thackeray. *The Oxford Thackeray*. 17 Vols：186-187.

② 《雾都孤儿》，前言第 3 页。

和无助。这也不单是狄更斯的特点，其他新门派作家甚至要比狄更斯更进一步，经常公开地为犯罪行为辩护，把罪犯描写成不公正的社会制度的受害者，为他们开脱罪责。这样的做法在萨克雷看来是难以容忍的。他非常反对新门派作家对待犯罪的暧昧态度，批评他们有意混淆美德与邪恶，让读者在好坏之间不知所从，不清楚作者究竟持什么样的道德立场。

这种态度显然与萨克雷的基本文学伦理观有联系。恰如茂斯考夫（Charles Mauskopf）所概括的："（对萨克雷来说）小说应当是特定时代风俗的历史记录，以符合客观现实的手法把社会所有方面涵盖在内，同时还应对读者的心灵产生道德影响。"① 这体现了萨克雷对小说本质和小说功能的双重认识。小说的本质就是对客观事实的记录，让后人可以尽可能完整地了解当时的社会状况。小说的基本功能则是道德教化，用正确的道德态度引导读者认同更好的价值取向。然而这两个要求实际上并非总能满足。对作家来说，是尊重客观现实更重要，还是担负道德责任的使命更迫切？恐怕每一位有道德追求的现实主义作家都会在两者之间感到难以取舍。但对萨克雷来说，当两者之间有矛盾的时候，符合道德的召唤才是更正确的选择。这也就意味着可以对事实进行必要调整，宁可失真也不能失善。

## 二、《凯瑟琳的故事》：失败的戏仿之作

除了在报纸上发表大量批评论文外，萨克雷还仿照新门派风格创作了一部小说，即《凯瑟琳的故事》（*Catherine: A Story*），他在主题和风格上完全模仿新门派小说，但又刻意夸大和滥用其写作技巧，以达到讽刺和颠覆的效果。与当时的普遍做法一样，《凯瑟琳的故事》先以报刊

---

① Charles Mauskopf. "Thackeray's Concept of the Novel: A Study of Conflict". *Philological Quarterly*, 1971 (2): 239.

连载的形式发表。为了加强对抗效果，萨克雷甚至还故意调整了它的连载刊期，使它在发表时间上与安斯沃思连载于《本特利氏杂志》上的小说《杰克·谢泼德》基本重合，两者差不多同时在1839年至1840年问世。

在小说第三章，萨克雷用一大段自白清楚透露了自己的写作目的，在此我们有必要完整引述：

> 尽管此刻我们刚进行到这段旧闻的第三章，却已对其中出现的人物以及他们将要经历的事件厌恶不已。但我们又有什么办法呢？大家接下来只会听到这些恶棍的故事。可怜的作家要想以自我和公众都认可的诚实的标准要求自己，他就只能如实描绘这些贼人：他们并非喷了香水、有诗人气质的花花公子，而是地地道道的恶棍，像所有的恶棍一样卑鄙无耻且酗酒成性。他们不会像尤金·艾若姆一样引用柏拉图的名言，也不会像狄克·特平一样唱着世上最优雅、愉悦的歌谣。……不，亲爱的夫人，您和您的女儿们无权同情或崇敬这类人。不管他们是虚构还是真实的，你们应该发自内心地鄙视、厌恶、诅咒、反感所有这路货色。①

显而易见，他对新门派作家误导读者的行为深恶痛绝。之所以要用这种讨厌的手法创作一部让自己都厌弃的作品，就是要故意以此恶心读者，用最真实的手法告诉读者犯罪世界的真实画卷。他称这种治疗方法为“凯瑟琳式净化”（Catherine Catharthic），“公众都已经被流行的文学风格毒害了，有必要给他们开出一些可以催吐的药方，从而带来更健康的习惯”②。为此，他也和新门派作家一样，认真查阅《新门狱历》，从中精心挑选出凯瑟琳的犯罪故事原型。据记载，凯瑟琳原本是伦敦一名

① William M. Thackeray. *Catherine*: *A Story*: 43-44. http: //www. gutenberg. org/ebooks/1969.

② William M. Thackeray. *Catherine*: *A Story*: 164-165.

商人的妻子，她伙同自己的私生子及家里的一位房客一起谋杀了自己的丈夫，并用斧子肢解丈夫尸体后丢弃到泰晤士河。罪行败露后，三个人被判死刑，其中凯瑟琳于 1726 年 5 月 9 日先被处以绞刑，但未等断气接着又被火烧死。在萨克雷看来，这么一位用残忍手段谋害亲夫的恶毒妇女绝不应该得到同情和宽恕。尽管她的下场有些悲惨，但也是罪有应得。如果作家要以她为素材创作小说，那就应该深入还原她整个人生轨迹。重点是反思她如何一步一步地走向罪恶的过程，排除不当的虚构和装饰，用冷静的眼光和真实的细节揭示背后的道德意义，“既让我们理解在她犯罪背后的诱因，同时还不至于宽恕她”①。

起初，萨克雷对自己的这部处女作还是满怀信心的。他在写给母亲的信中说：“上帝保佑，再过六周，这部让人惊悚的小说就要完成了。直到此刻，我才开始期待它应该还能让人感到愉悦。”但随后不久，他便不再如此乐观，并略带沮丧地说道：“很多人都不喜欢它，而我也认为他们是对的。”② 事实上这部作品的确算得上是萨克雷最不成功的作品，自问世以来便不受欢迎。有人认为“它是一部很怪异的作品，萨克雷全部作品中最奇怪的一部，也最难恰当评价”③。由于萨克雷为了强化对新门派小说的讽刺效果，暴露其肤浅和不真实的面目，他大量使用戏仿和夸张手法，几乎到了让人无法忍受的地步。小说中有很多桥段是在戏仿常见的新门派小说情节，④ 而萨克雷又频繁穿插大段的议论，点名道姓地批评新门派作家，这些让这部小说变成了“一部由模仿和

---

① Robert A. Colby. “Catherine: Thackeray's Credo”. *The Review of English Studies*, 1964 (15): 393.

② 转引自 Keith Hollingworth. *The Newgate Novel, 1830-1847: Bulwer, Ainsworth, Dickens, and Thackeray*: 164.

③ 转引自 Robert A. Colby. “Catherine: Thackeray's Credo”. *The Review of English Studies*, 1964 (15): 381.

④ 关于萨克雷对新门派小说的戏仿桥段，参阅 Lidmila Pantůčková. “Thackeray as a Critic of Fiction”. *Brno Studies in English*, 1972 (1): 161.

引文构成的大杂烩"①，"既像小说又像文学批评"②。即便是一贯对萨克雷比较推崇的评论家森特斯伯利（George Saintsbury）也难掩对这部小说的失望，他说："我始终无法准确理解它的写作视角……作者也根本不知道他到底在干什么，像一只不断变换跟踪气味和路线的猎狗，搞得读者晕头转向。"③

对于萨克雷失败的原因，有一种比较主流的看法是，此时的萨克雷在文学观念和创作手法上还很不成熟，对小说的本质和道德功能尚没有形成清楚的认识，同时他又对太多当时流行的写作风格感到不满，几乎每种类型都不符合他的期待。他太急于用这一部小说来打败所有敌人，以至于急于求成，反倒大大削弱了这部小说应有的效果。再加上长期在报纸杂志上发表评论文章养成的写作习惯，他没有很好地在创作与批评两种视角间自由切换，时不时地用大段的说教来替代本该更戏剧化的情节，最终导致的产物便是如考尔比尖锐批评的那样："闹剧中穿插着空洞的说教，像变色龙一般在小丑、预言家、编年史官和剧场经理间不断变换身份的叙述者，犹如万花筒般错乱的时空穿插，错误的标题，有始无终的叙述，让人不寒而栗的冷幽默，框架看上去很宏大但内容却很干瘪"④。那么萨克雷本人又是如何看待自己的这部作品的呢？

如前所述，在《凯瑟琳的故事》问世后不久，萨克雷便已认识到它的不足。在写给母亲的信中，他承认这部作品"完全是一个错误"，并且认为："事实上，它还不够让人感到恶心。如果它要取得成功的话，原本应该让读者感到如此惊悚，以至于再也不愿意拿起它或同一类

---

① 转引自 Lidmila Pantůčková. "Thackeray as a Critic of Fiction". *Brno Studies in English*, 1972 (1): 158.

② Judith Fisher. "Review of *Catherine: A Story* by William Thackeray, ed. Sheldon Goldfarb". *Victorian Periodicals Review*, 2001 (2): 187.

③ George Saintsbury. *A Consideration of Thackeray*. New York: Russell & Russell. 1968: 51. http://www.gutenberg.ca/ebooks/saintsbury-thackeray/saintsbury-thackeray-00-h-dir/saintsbury-thackeray-00-h.html.

④ Robert A. Colby. "Catherine: Thackeray's Credo": 395.

型的书。但现在你可以看到，作者对他的女主人公还是抱有一丝好感，不愿意把她写得完全一文不值。”① 从这段话不难看出，此时的萨克雷还没有完全弄清楚自己到底错在什么地方。他的创作意图原本是让它成为类似一剂以毒攻毒的解药，诱发读者产生“有益的恶心”（wholesome nausea）②，从而清洗他们被新门派小说破坏的审美趣味。但事实可能与他想象的正好相反，即在惊悚和恶心程度上不是不够，而是太过度了。由于他反对不真实的虚构想象，萨克雷尽可能按照符合档案记载的犯罪事实来写，特别是对凯瑟琳谋杀丈夫的过程，以及她后来被执行绞刑和焚烧的场景，都描写得非常血腥残忍。这些描写除了最早出现在《弗雷泽杂志》的连载版中之外，在后来的各种书籍版中都被删除了，因为作者添加这些描述的目的似乎只是让人恶心，“毫无文学价值”③，所以今天的读者很难见到其写作原貌。

当小说连载接近末尾时，已经有很多人在报纸或其他渠道表示了对这部小说的失望。但萨克雷对此却不以为然，他不无自信地写道：

> 作者有幸从报纸上看到了一些批评文章，谴责《凯瑟琳的故事》到目前为止是一部索然无味、庸俗和不道德的作品。这恰恰说明作者实现了他的目标。让作者尤其感到欣慰的是，这种意见还流传甚广。这说明大家对新门派小说的兴趣正在衰减，说明公共批评家已经能对目前的不道德事物明辨是非，诚实的百姓也能而且理应对它感到震惊，而且能用不雅之词表达自己的愤怒。④

---

① William M. Thackeray. *The Letters and Private Papers of William Makepeace Thackeray* (Vol I), ed. Gordon N. Ray. London: Harvard University Press, 1945: 432-433.

② William M. Thackeray. *Catherine: A Story*: 165.

③ William M. Thackeray. *Catherine: A Story*: 163.

④ William M. Thackeray. *Catherine: A Story*: 164.

萨克雷乐见自己的作品为公众所厌弃，这说明他的“催吐”意图实现了。人们在这部小说中不会遇见对邪恶的美化，它与美德之间被划出了清晰的界线。由于这个小说“从头至尾，它都是由一些绝不会引发好感的人做出的纯粹的无赖行径”①，我们也就根本不必担心读者会对坏人产生哪怕一丝同情或崇敬之情。

除了在情节和人物塑造上刻意让作品不讨人喜欢外，萨克雷在叙述方式上也同样引人生厌。当狄更斯和鲍沃尔-利顿等作家都在探索更加多元和立体化的叙述视角，同时添加心理描写技巧，以增强小说的认知复杂性和深度感之时，萨克雷依然固守单一的全知叙述，作者的身影无处不在，随时准备用大段枯燥的说教和议论来指导阅读行为，唯恐读者不能按照他的方向领会故事中的道德意图。对于他的对手，他也毫不掩饰自己的攻击矛头，经常指名道姓地批判和嘲讽鲍沃尔-利顿、狄更斯和安斯沃思等人。对于非常喜爱他们的广大读者来说，这无疑是一种冒犯。这一切导致的最终结果就是，没有多少人愿意把《凯瑟琳的故事》当成一部小说来读。恰如凯伯特（Frederick Cabot）所说：“如果他真想让他的凯瑟琳式净化产生效果的话，它就必须有好的味道，让人愿意接受。它必须用生动的人物塑造和精确的描述吸引读者投入。实际上，除了它的道德意图之外，它还必须有独立的，甚至与之相对抗的文学价值。”②

萨克雷起初相信，单凭他的道德意图，自己就已经超越了同时代的新门派作家，有良知的广大读者肯定会追随他的道德感召。但事情并非如他所想象的那样。至少在当时，被公众抛弃的并非新门派小说，而是他的《凯瑟琳的故事》。十多年后，当他已经凭借《名利场》获得巨大声誉之后，他依然对自己当年的失败耿耿于怀。他回忆说：

---

① William M. Thackeray. *Catherine*: *A Story*: 165.

② Frederick C. Cabot. “The Two Voices in Thackeray's *Catherine*”. *Nineteenth-Century Fiction*, 1974（4）: 406.

> 那个故事原本是为了嘲讽当时流行的把新门监狱犯人作为小说主角的创作趣味。我的故事中的每个人物都是流氓无赖，他们最终都被绞死或以其他方式处死。我的故事实在太残忍了，以至于让很多人感到不满，并被认为很不道德。当公众还在继续阅读我原本打算嘲讽的那类作品时，这说明《凯瑟琳的故事》是一个失败，并且随同它的人物角色一起灰飞烟灭。①

时至今日，仍很少有人愿意把《凯瑟琳的故事》作为拥有独立价值的文学作品来读。它充其量也就是新门派小说的一面戏仿之镜，从中可以反衬出某些缺陷和不足。它并没有像萨克雷期待的那样彻底洗净读者的新门派口味，反倒成为大多数有关新门派小说研究著述中的一个不可或缺的注脚。无论如何，这肯定不是萨克雷原本期待的结果。

## 结 束 语

本节在上面讨论了《凯瑟琳的故事》作为一部小说的失败之处，目的并非要否定萨克雷在对抗新门派小说的过程中所发挥的关键作用。他在十多年的时间内不遗余力地抨击新门派小说对世俗风气的不良影响，即便没有完全阻止它的流行，至少也是减缓了它的泛滥程度。自从与萨克雷发生论战之后，鲍沃尔-利顿几乎没有再发表新的作品，狄更斯在《雾都孤儿》之后也逐渐放弃了新门风格。而且如一些研究者所指出的，萨克雷对新门派作家的批评总体上“也并非出于偏见”②，

① William M. Thackeray. *The Oxford Thackeray*. 17 Vols. London: Oxford University Press, 1908: 590. http://catalog.hathitrust.org/Record/100883036.

② Lidmila Pantůčková. "Thackeray as a Critic of Fiction." *Brno Studies in English*, 1972 (1): 270.

“除了偶有个人偏好外，大多是有益且公正的”①。尽管有时言辞激烈，他的主要目的还是补偏救弊。

究竟是什么导致他厌恶新门派小说，原因肯定是多方面的。虽然他有时候也流露出对狄更斯等人的名望远高于己的些许焦虑，更最主要的还是他们相异的小说观念和伦理追求。19 世纪初期的英国小说正在经历成熟前的快速发展期，不同作家都在各自的道路上尝试不同选择。同时读者的阅读动机也开始越来越多元化，并非都是为了从中学到多少知识或道理。如果说新门派作家更重视小说的市场消费价值，即它能给读者带来阅读快感的话，萨克雷更关心的是小说的实用功能，既要带给读者关于现实的知识，还要充当道德领路人，引领公众走向更有益的道德价值。不可否认，两者各有偏废。过于偏重感官体验的新门派小说越来越沦为廉价的文学垃圾，仅仅流行了不到二十年便匆匆退出历史舞台；过于注重道德说教的《凯瑟琳的故事》则漠视读者的阅读兴趣，忘记了“寓教于乐”的简单道理，反倒失去了应有的道德效果。只有真正把两点结合起来的小说才会有更好的未来，而这可能正是现实主义小说在 19 世纪后半期取得巨大成功的重要原因之一。

---

① John W. Dodds. “Thackeray as a Satirist Previous to *Vanity Fair*”. *Modern Language Quarterly*, 1941 (2): 164.

# 参考文献

（一）中文部分

陈后亮.《摩尔·弗兰德斯》与早期犯罪叙述的合法性问题.解放军外国语学院学报，2018（4）.
笛福著，梁遇春译.摩尔·弗兰德斯.长春：吉林出版集团，2011.
狄更斯著，何文安译.雾都孤儿.南京：译林出版社，2010.
狄更斯著，石永礼、赵文娟译.双城记.北京：人民文学出版社，2018.
狄更斯著，高殿森等译.巴纳比·鲁奇.上海：上海译文出版社，1998.
菲尔丁著，萧乾译.大伟人江奈生·魏尔德传.南京：译林出版社，1997.
福柯著，刘北成、杨远婴译.规训与惩罚.北京：三联书店，2003.
福斯特著，苏炳文译.小说面面观.广州：花城出版社，1984.
狄更斯著，何文安译.前言，雾都孤儿.南京：译林出版社，2010.
奥斯汀著，孙致礼译.傲慢与偏见.南京：译林出版社，2018.
萨义德著，王宇根译.东方学.北京：三联书店，1999.
申丹、王丽亚.西方叙事学：经典与后经典.北京：北京大学出版社，2010.
瓦特著，高原、董红钧译.小说的兴起.北京：三联书店，1992.

亚里士多德著，陈中梅译注．诗学．北京：商务印书馆，1996.

赵炎秋．狄更斯小说人物的类型与发展，《湖南师范大学社会科学学报》，1991（5）.

（二）英文部分

Ainsworth, William. *Rookwood: A Romance*. London: George Routledge and Sons, 1970.

—. *Jack Sheppard*. London: Penguin, 2010.

Altick, R. *Victorian Studies in Scarlet: Murders and Manners in the Age of Victoria*. London: Dent, 1972.

Batey, Robert. "*Moll Flanders*: A (Cautionary) Handbook on Criminal Advocacy". *Charleston Law Review*, 2010 (3): 437-477.

Boyer, Allen. "Justice Fielding, the Novel, and the Law". *Yale Journal of Law & the Humanities*, 1992 (1): 187-207.

Brantlinger, Patrick and Ulin, Donald. "Policing Nomads: Discourse and Social Control in Early Victorian England". *Cultural Critique*, 1993 (25): 33-63.

Briggs, John, et al., *Crime and Punishment in England: An Introductory History*. London: UCL Press, 1996: 14-16.

Bulwer-Lytton, Edward. *Paul Clifford*, London: Penguin, 2010.

—. *Eugene Aram*, Rockville: Wildside Press, 2008.

—. *Pamphlets and Sketches*, London: The Knebworth Edition, 1875.

Cabot, Frederick C. "The Two Voices in Thackeray's *Catherine*". *Nineteenth-Century Fiction*, 1974 (4): 404-416.

Chevalier, Louis. *Labouring Classes and Dangerous Classes in Paris During the First Half of the Nineteenth Century*. London: Routledge and Kegan Paul, 1973.

Colby, Robert A. "Catherine: Thackeray's Credo". *The Review of English*

Studies, 1964 (60): 381-396.

Collins, Philips. "Dickens and Murder". Fred Kaplan, ed. *Oliver Twist: Authoritative Text, Backgrounds and Sources, Early Reviews, Criticism*. New York: W. W. Norton & Company, 1992.

—. *Dickens and Crime*. London: Macmillan and Co. Ltd, 1962.

Davis, Lennard J. "Wicked Actions and Feigned Words: Criminals, Criminality, and the Early English Novel". *Yale French Studies*, 1980 (1): 106-118.

Defoe, Daniel. *Defoe on Sheppard and Wild*, ed. Richard Holmes. London: Harper Perennial, 2004.

de Gateno, Paul J. "Daniel Defoe's Newgate Biographies: An Economic Crisis". *CLIO*, 1984 (2): 157-170.

Dickens, Charles. *Great Expectations*. New Delhi: Penguin Classics, 1994.

Dodds, John W. "Thackeray as a Satirist Previous to *Vanity Fair*". *Modern Language Quarterly*, 1941 (2): 163-178.

Emsley, Clive. *Crime and Society in England, 1750-1900*. London and New York: Longman, 1987.

Esher, V. *The Girlhood of Queen Victoria: A Selection from Her Majesty's Diaries between the Years 1832 and 1840*. vol. 2. London: John Murray, 1912.

Faller, Lincoln. *Turned to Account: The Forms and Functions of Criminal Biography in the 17th- and Early 18th-Century England*. Cambridge: Cambridge University Press, 1987.

—. "Criminal Opportunities in the Eighteenth Century: The 'Ready-Made' Contexts of the Popular Literature of Crime". *Comparative Literature Studies*, 1987 (2): 120-145.

—. *Crime and Defoe: A New Kind of Writing*. Cambridge: Cambridge University Press, 1993.

Farrell, William. "The Mock-Heroic Form of 'Jonathan Wild' ". *Modern Philosophy*, 1966 (3): 216-226.

Fielding, K. J. "Thackeray and the 'Dignity of Literature' ". *LTLS*, 1958 (19): 526-530.

Fisher, Judith. "Review of *Catherine*: *A Story* by William Thackeray, ed. Sheldon Goldfarb". *Victorian Periodicals Review*, 2001 (2): 187-188.

Furbank, P. N. & Owens, W. R. *Defoe De-Attributions*: *A Critique of J. R. Moore's Checklist*. London: Hambledon Press, 1994.

Galeotti, M. "Criminal Histories: An introduction". M. Galeotti, ed. *Organised Crime in History*. London: Routledge, 2009.

Gelber, Mark. "Teaching 'Literary Anti-Semitism': Dickens' *Oliver Twist* and Freytag's *Soul and Haben*". *Comparative Literature Studies*, 1979 (1): 1-11.

Gillingham, Lauren. "Ainsworth's *Jack Sheppard* and the Crimes of History". *Studies in English Literature*, *1500-1900*, 2009 (4): 879-906.

—. "The Newgate Novel and the Police Casebook". Charles Rzepka and Lee Horsley, eds. *A Companion to Crime Fiction*, Chichester: Wiley-Blackwell, 2010: 93-104.

Ginsburg, Michal. "Truth and Persuasion: The Language of Realism and of Ideology in *Oliver Twist*". *NOVEL*: *A Forum on Fiction*, 1987 (3): 220-236.

Gladfelder, Hal. *Criminality and Narrative in 18th-Century England*: *Beyond the Law*. Baltimore: John Hopkins University Press, 2001.

Gramsci, Antonio. *Selections from the Prison Notebooks*. Quintin Hoare & Geoffrey N. Smith, eds. & trans. New York: International Publishers Co., 1971.

Grovier, K. *The Gaol: The Story of Newgate, London's Most Notorious Prison*. London: John Murray, 2008.

Hay, Douglas. "Property, Authority and the Criminal Law". Douglas Hay and Peter Linebaugh, ed. *Albion's Fatal Tree: Crime and Society in Eighteenth-Century England*. London: Verso, 2011.

Himmelfarb, Gertrude.. "The Idea of Poverty". *History Today*, 1984 (4): 22-31.

Hobbs, Dick. *Doing the Business: Entrepreneurship, the Working Class, and Detectives in the East End of London*. Oxford: Oxford University Press, 1988.

Hollingworth, Keith. "The Newgate Novel and the Moral Argument, 1830-1847". Fred Kaplan, ed. *Oliver Twist: Authoritative Text, Backgrounds and Sources, Early Reviews, Criticism*. New York: W. W. Norton & Company, 1992.

—. *The Newgate Novel, 1830-1847: Bulwer, Ainsworth, Dickens, and Thackeray*. Detroit: Wayne State University Press, 1963.

Hunter, J. P. "The Novel and Social/Cultural History". John Richetti, ed. *The Eighteenth Century Novel*. Shanghai: Shanghai Foreign Language Education Press, 1996.

Johnson, Captain Charles. *The History of the Lives and Actions of the Most Famous Highwaymen, Street-robbers, &c. & c: To Which Is Added a Genuine Account of the Voyages and Plunders of the Noted Pirates*. Edinburgh: Printed by John Mols, Royal Bank Close, for Longman, Hurst, Rees, Orme, & Brown, London, 1813.

Johnson, Paul. "Class Law in Victorian England. *Past & Present*, 1993 (141): 147-169.

Lane, Lauriat. "Dickens' Archetypal Jew". *PMLA*, 1958 (1): 94-100.

Lankford, William. " 'The Parish Boy's Progress': The Evolving Form of

*Oliver Twist*". *PMLA*, 1978 (1): 20-32.

Leavis, F. R. *The Great Tradition*. Harmondsworth: Penguin, 1977.

Loveman, Kate. " 'A Life of Continu'd Variety': Crime, Readers, and the Structure of Defoe's *Moll Flanders*". *Eighteenth-Century Fiction*, 2013 (1): 1-33.

Lucas, Alec. "Oliver Twist and the Newgate Novel". *The Dalhouse Review*, 1954 (4): 381-387.

Mauskopf, Charles. "Thackeray's Attitude Towards Dickens's Writings". *Nineteeth-Century Fiction*, 1966 (1): 21-33.

—. "Thackeray's Concept of the Novel: A Study of Conflict". *Philological Quarterly*, 1971 (2): 239-252.

Mayhew, Henry and Binny, John. "Habitual Criminals". Nicole Rafter, ed. *The Origins of Criminology: A Reader*. New York: Routledge, 2009.

—. *The Criminal Prisons of London and Scenes of Prison Life*. London: Cass, 1968.

McKenzie, Andrea K. *Lives of the Most Notorious Criminals: Popular Literature of Crime in England, 1675-1775* (Doctoral Dissertation). Toronto: University of Toronto, 1999.

McLynn, F. J. *Crime and Punishment in Eighteenth-Century England*. London: Routledge, 1989.

Moore, John Robert. *Defoe in the Pillory and Other Studies*. Bloomington: Indiana University Press, 1939.

Mee, Jon. "*Barnaby Rudge*". David Paroissien, ed. *A companion to Charles Dickens*. Malden: Blackwell Publishing Ltd., 2008: 338-348.

Melossi, Brio. "Changing Representations of the Criminal". *The British Journal of Criminology*, 2000 (2): 296-320.

Meyer, Susan. "Antisemitism and Social Critique in Dickens's 'Oliver

Twist' ". *Victorian Literature and Culture*, 2005 (1): 239-252.

Moore, L. *The Thieves' Opera*. London: Penguin, 1997.

Morris, Pam. *Dickens's Class Consciousness: A Marginal View*. London: The MacMillan Press Ltd., 1991.

Morris, Lydia. *Dangerous Class: The Underclass and Social Citizenship*. London: Routledge, 1994.

Nord, Deborah. "Dickens's 'Jewish Question': Pariah Capitalism and the Way out". *Victorian Literature and Culture*, 2011 (1): 27-45.

Novak, Maximillian. "Conscious Irony in *Moll Flanders*: Facts and Problems". *College English*, 1964 (3): 198-204.

Pantůčková, Lidmila. "The 'Newgate School' of Romance and Its Place in the English Literature of the Eighteen-thirties". *Brno Studies in English*, 1959 (1): 103-117.

—. "Thackeray as a Critic of Fiction". *Brno Studies in English*, 1972 (1): 127-312.

Pepper, Andrew. "Early Crime Writing and the State: Jonathan Wild, Daniel Defoe and Bernard Mandeville in 1720s London". *Textual Practice*, 2011 (3): 473-491.

Philips, David. *Crime and Authority in Victorian England: The Black Country*. London: Croom Helm, 1977.

—. "Three 'Moral Entrepreneurs' and the Creation of a 'Criminal Class' in England, c. 1790s-1840s". *Crime, History & Societies*, 2003 (1): 79-107.

Plumb, John. *England in the Eighteenth Century*. London: Penguin Books, 1950.

Pykett, Lyn. "The Newgate Novel and Sensation Fiction, 1830-1868". Martin Priestman, ed. *The Cambridge Companion to Crime Fiction*. Cambridge: Cambridge University Press, 2003: 19-40.

Rawlings, Philip. *Drunks, Whores and Idle Apprentices: Criminal Biographies of the 18th Century*. London and New York: Routledge, 2005.

Ray, Gordon. "Dickens versus Thackeray: The Garrick ClubAffair". *PMLA*, 1954 (LXIX): 815-832.

Richetti, John. *Popular Fiction Before Richardson: Narrative Patterns (1700-1739)*. Oxford: Oxford University Press, 2011.

Saintsbury, George. *A Consideration of Thackeray*. New York: Russell & Russell, 1968.

Schonhorn, Manuel. "Introduction". *A General History of the Pyrates*, Manuel Schonhorn ed. London: J. M. Dent & Sons, 1972.

Schumacher, Larissa. "The Remorseless Fangs of the Law". *The Newgate Novel*. 1722-2012, MA Thesis, Waikato: The University of Waikato, 2013.

Schwarzbach, F. S. "Newgate Novel to Detective Fiction", in Patrick Brantlinger and William B. Thesing, eds. *A Companion to the Victorian Novel*. Malden: Blackwell Publishers Ltd, 2002.

Seidel, Michael. "Introduction to *Moll Flanders*". New York: Barnes & Noble Books, 2005.

Shoemaker, Robert and Ward, Richard. "Understanding The Criminal: Recording- Keeping, Statistics and the Early History of Criminology in England, 1780-1860". *British Journal of Criminology*, 2017 (57): 1442-1461.

Smith, Captain Alexander. *A Compleat History of the Lives and Robberies of the Most Notorious Highway-men ... Used at this Present Time by our Modern Thieves*. London: Printed for Sam, Briscoe, and Sold by A. Dodd, 1719.

—. *A Complete History of the Lives and Robberies of the Most Notorious Highwaymen...* edt. by Arthur L. Hayward. London: G. Routledge & Sons ltd., 1926.

Smith, Sheila. *The Other Nation: The Poor in English Novels of the 1840s and 1850s*. Oxford: Clarendon Press, 1980.

Squires, Paul. "Charles Dickens as Criminologist". *Journal of Criminal Law and Criminology (1931-1951)*, 1938 (2): 170-201.

Stone, Harry. "Dickens and the Jews". *Victorian Studies*, 1959 (3): 223-253.

Takao, S. ed. *Victorian Novels and Crime*. Tokyo: Otowatsurumi, 2002.

Taylor, David. "Beyond the Bounds of Respectable Society: The 'Dangerous Class' in Victorian and Edwardian England". Judith Rowbotham et al., eds. *Criminal Conversations: Victorian Crimes, Social Panic and Moral Outrage*. Columbus: Ohio State University Press, 2005.

Thackeray, William M. *The Letters and Private Papers of William Makepeace Thackeray* (Vol I), ed. Gordon N. Ray. London: Harvard University Press, 1945.

—. *The Letters and Private Papers of William Makepeace Thackeray* (Vol II), ed. Gordon N. Ray. London: Harvard University Press, 1945.

Thomas, R. "Detection in the Victorian Novel". Patrick Brantlinger and William B. Thesing, eds. *A Companion to the Victorian Novel*. Malden: Blackwell Publishers Ltd, 2002.

Thomson, J. Bruce. "The Hereditary Nature of Crime". Nicole Rafter, ed. *The Origins of Criminology: A Reader*. New York: Routledge, 2009.

Wiener, Martin J. *Reconstructing the Criminal: Culture, Law and Policy in England, 1830-1914*. Cambridge: Cambridge University Press, 1990.

Wilson, Edmund. *The Wound and the Bow*. Boston: Houghton Mifflin, 1941.

White, Jerry. *London in the 19th Century*. London: Vintage Books, 2007.

Worthington, Heather. "From The Newgate Calendar to Sherlock Holmes". Charles Rzepka and Lee Horsley, eds. *A Companion to Crime Fiction*.

Chichester: Wiley-Blackwell, 2010: 13-27.

Young, Arlene. "Virtue Domesticated: Dickens and the Lower Middle Class". *Victorian Studies*, 1996 (4): 483-511.

（三）网站电子资源

Brown, Richard. "Poor Law Reform 1834". http: //richardjohnbr. blogspot. ru/2010/12/poor-law -reform-834. html.

Davis, Matthew. "Did Charles Dickens really save poor children and clean up the slums?". *BBC News Magazine*, 7 Feb. 2012. http: //www. bbc. com/ news/ magazine-16907648.

Defoe, Daniel. "Author's Preface". https: //ebooks. adelaide. edu. au/d/ defoe/ daniel/ d31m/ preface. html.

Dickens, Charles. "A Visit to Newgate". http: //charlesdickenspage. com/ visit_newgate. html.

Dickens, Charles. "The Author's Preface to the Third Edition". http: // www. pbs. org/ wgbh/ masterpiece/ olivertwist/ tg_preface. html.

Fielding, Henry. "Preface to *The Miscellanies and Poems of Henry Fielding*, Esq. (1743)". https: //en. wikisource. org/ wiki/ Preface _ to _ the _ Miscellanies_and_Poems.

Gay, John. *The Beggar's Opera*. http: //www. gutenberg. org/ ebooks/25063.

Horne, Philip. "Crime in *Oliver Twist*". http: //www. bl. uk/romantics-and-victorians/ articles/ crime-in-oliver-twist.

Orwell, George. *Charles Dickens*. http: //orwell. ru/library/ reviews/ dickens/ english/ e_chd.

Thackeray, William M. "Horae Catnachianae: A Dissertation upon Ballads". *Fraser's Magazine*, XIX, April 1839. http: //trove. nla. gov. au/ newspaper/ article/84756243.

Thackeray, William M. *The Oxford Thackeray*. 17 Vols. London: Oxford

University Press, 1908. http://catalog.hathitrust.org/Record/100883036.

Thackeray, William M. *Catherine: A Story*. http://www.gutenberg.org/ebooks/1969.

http://www.gutenberg.ca/ebooks/saintsbury-thackeray/saintsbury-thackeray-00-h-dir/saintsbury-thackeray-00-h.html.

https://www.rct.uk/collection/1052025/a-general-history-of-the-lives-and-adventures-of-the-most-famous-highwaymen.

"The Life of the Famous Jonathan Wild". http://www.pascalbonenfant.com/18c/newgatecalendar/lives_jonathan_wild.html.

https://www.researchgate.net/publication/308206514_Understanding_the_Criminal_Record-eeping_Statistics_and_the_Early_History_of_Criminology_in_England_ 1780-1860.

恩格斯:《英国工人阶级状况:大城市》. https://www.marxists.org/chinese/engels/1844-1845/05.htm.

# 后　记

本书是2019年度教育部人文社科青年项目“英国传统罪犯传记小说研究”（编号：19YJC752011）的结项成果。在此，我们特向在课题评审过程中曾经给予我们帮助的匿名评审专家表示衷心感谢！

在本书撰写过程中，我们参考了前期发表过的一些论文，并将其中一些观点、论述和片段应用于本书有关章节。在此也向曾经发表过这些文章的期刊表示感谢。这些文章包括：

《英国十八世纪罪犯传记概观：叙事类型与研究范式》，《国外文学》2020年第2期。（本书第一章）

《〈摩尔·弗兰德斯〉与早期犯罪叙述合法性问题》，《解放军外国语学院学报》2018年第5期。（本书第五章）

《“我讲述的并非其真实所为”：论〈大伟人江奈生·魏尔德传〉对传统罪犯传记的改写》，《文学跨学科研究》2017年第4期。（本书第六章）

《犯罪文学发展的重要一环：19世纪初英国新门派犯罪小说》，《复旦外国语言文学论丛》2017年春季刊。（本书第七章）

《“一个另类种群”：〈雾都孤儿〉中的犯罪阶级想象》，《外国文学评论》2017年第4期。（本书第九章）

《论萨克雷与英国新门派犯罪小说》，《外国语文》2017年第4期。（本书第十章）

本书撰写分工如下：贾彦艳主要负责撰写导论、第二章、第三章、

第四章、第六章、第八章，以及全书的统筹和校订工作。陈后亮主要负责撰写第一章、第五章、第七章、第九章、第十章。武汉大学出版社的李琼编辑为本书的顺利出版提供了很多帮助，在此表示感谢！

作　者

2020 年 6 月